이 책을

사랑하는 동생

신서윤, 신채윤에게 바칩니다.

국립국어원 맞춤법을 따르되, 글맛을 살리기 위해 대화 등 일부는
지은이 고유의 표기를 반영합니다.

옷장 속 아이들

옥장 속
아이들
지은이 한윤서
넌 누구야?
나와 함께 가자.
다시 그때로 돌아가고 싶어.
평생 그때 머물며 살고 싶어.
방과후이곳

숲은 풍요롭고 다정했다.

언제나 선선한 바람으로 머리카락을 쓰다듬어 준다. 또, 이름 모를 씨앗들이 불려 와 커다란 나무로 성장해 우리의 그늘이 되어주었다.

숲은 날이 갈수록 울창해지며 산 전체를 뒤덮는데 우리는 여전히 같은 나이에 머물러 있었다. 숲을 보고 있으면 이따금 기분이 묘해졌다. 자란다는 것은 어떤 느낌인지 남몰래 궁금해하기도 했다. 그건 우리에게 허락되지도 허락되어서도 안 되는 것이었다. 이 궁금함이란 내가 가본 적도 없는 바다를 그리워하는 것과도 같았다. 닿아본 적 없기에 애틋하고 알지 못하기에 신비로운.

허락되지 않는 것에는 이유가 있다는 것을, 평범하게 살아갈 수 있다는 것이 얼마나 큰 축복인지를, 그때의 나는, 알 수 없었다.

1장

한 아이가 나왔다.

한 번도 본 적 없는 아이가 이상하리만치 익숙했다. 낯을 가리는 내가 그 아이에게 다가간 건 그래서였다. 아이에게 물었다.

"넌 이름이 뭐야?"

"…."

대답이 없었다. 그럼에도 나는 꿋꿋이 말을 이었다.

"나는…. 라고 해."

내 말에 아이가 볼을 붉혔다. 그러고는 그 이름을 중얼거린다. 그 모습을 웃음기 띤 얼굴로 바라보았다. 빛이 몰려들었다. 그제야 이게 꿈이었음을 알아차렸다. 그렇지만 왠지 꿈에서 깨고 싶지 않은 마음에 아이에게 손을 뻗었다. 아이는 내 손을 잡으려 했으나 닿지 못했다. 그러고는 또다시 아침이었다. 나는 손을 들어 볼을 쓸었다. 미적지근한 물기가 느껴졌다. 또, 그 꿈이었다.

비몽사몽인 채로 세수하며 준비를 시작했다. 사실 준비랄 것도 없었다. 마을에서 내가 가져갈 수 있는 것이라곤 약간의 음식과 추억이 전부였다. 작별 인사는 하지 않았다. 함께 떠나기로 한 아딘은 언제까지고, 내가 떠날 준비를 마칠 때까지 기다려준다고 했다. 그렇게 말해준 아딘이 고마웠다. 하지만 그런 아딘의 호의가 무색하게도 나는 준비를 서둘렀다. 추억이 담긴 애틋한 곳이 없어서가 아니었다. 더 머물면 이곳에 남는 쪽으로 마음이 기울어버릴 것 같아서였다. 그래서 시간을 오래 끌 수 없었다.

아이들이 모여있는 광장. 마지막으로 광장에 들를 생각이다. 어쩌면 그동안 달라진 나를 아이들이 좋게 봐줄지도 모른다. 그렇다면 꽤 괜찮은 이별을 할 수 있을 것이다. 하지만 광장으로 가는 발걸음은 조심스러웠다. 친한 친구는 많았지만 내 모든 것을 드러낼 수 있는 친구는 없었다. 달라진 나를 보고 아이들이 어떤 시선을 보낼지 두려워 가슴이 조여왔다. 심장이 쿵쾅거렸고 손은 떨려왔다. 결국, 광장으로 가던 발걸음을 돌렸다. 마지막 인사조차 하지 않으면 후회할 걸 알고 있었지만, 당장의 두려움에 눈이 멀어 도저히 갈 수 없었다.

*

이곳, 불변섬에는 빛바랜 이야기 하나가 전해진다. 처음 왔을 때 이 이야기를 들은 이야기다. 여기선 새로운 아이가 오면 이 이야기를 들려주게 되어있다. 그러므로 모두 이 이야기를 알고 있었다.

"요정이 첫 숨을 내쉬던 아주 오래전에 이곳 불변섬에는 용이 살고 있었어."

유진은 눈썹을 모으고 내 이야기에 집중했다.

"이 몹시 나쁜 용은 많은 아이를 불변섬에 납치했어. 게다 심지어 채소만 먹이는 끔찍한 짓을 거듭했지."

유진은 상상하기라도 한 듯 우우거리며 입을 앙다물었다. 나는 유진이 더 깊은 상상에 빠지기 전에 손뼉을 두 번 쳤다. 유진의 동그란 눈동자가 내게로 향했다.

"여기부터가 중요하니까 잘 들어야 해."

유진이 고개를 끄덕였다.

"용사 제스는 같은 아이로서 용을 용서할 수 없었어. 그래서 용을 찾아가 아이들을 놔주라고 이야기했지."

"와!"

완전히 몰입한 듯 유진이 감탄했다. 이에 기분이 고조된 나는 손짓을 덧붙여가며, 제스가 얼마나 용맹하게 용과 싸웠는지 설명했다. 본적도 없으면서 말이다. 내가 손을 빠르게 휘저을 때마다 유진은 몸을 들썩이며 이야기에 몰입했다. 마침내 이야기의 결말.

"용을 제압하여 이긴 제스는 이 섬을 아이들을 위한 섬으로 바꾸고 행복하게 살았답니다!"

결말은 역시 해피엔딩. 유진은 완벽한 결말에 손뼉을 쳤다. 그 모습을 뿌듯이 바라보는데, 뭔가 아래에서 주르륵 흐르는 느낌이 났다. 거울을 보지 않아도 내 얼굴이 창백해진 것을 느낄 수 있었다.

"왜 그래, 웬디?"

유진이 불안한 듯 물었다. 나는 애써 웃어 보였다.

"아냐. 배가 고파서. 나 잠깐 집에 다녀올게."

"과자라면 여기에도 있잖아?"

유진의 말을 못 들은 척 밖으로 나와 달렸다. 오늘 입은 옷이 어두운 색인 데다, 이야기를 서서 한 것이 그나마 다행이었다.

집에 와 확인해 보니 역시였다. 비린 맛이 나는 딸기잼이 속옷에 묻어 있었다.

*

어른. 아이들을 괴롭히는, 사악하고 거대한, 아이들의 적.

어른이 어떤 존재인지는 모른다. 그저 어딘가에 존재하는 거대한 사람이라는 이야기를 들었을 뿐. 잘은 모르지만, 어른들은 아이들보다 커다란 몸을 가졌고, 커다란 몸보다 더 크고 검은 마음을 품었다고 한다.

확연히 자란 키와 점점 커지는 몸. 부풀어 오른 가슴과 무엇보다 여자'아이'들은 흘리지 않는 딸기잼을 흘리는 몸. 이 모든 것이 가리키는 것은 분명했다. 나는 어른이 되어가고 있었다. 이 사실을 부정하려고 일부러 키가 자라지 않게끔 몸을 구겨서 자기도 했다. 딸기잼이 나오지 않도록 아래를 꽉 막아도 봤다. 하지만 그럴수록 오히려 몸은 더욱더 자라났고 딸기잼은 더 많이 흘렀다. 어른이 된 것을 부정하지 말라는 듯이.

처음부터 딸기잼, 아니 피가 흐르는 것을 어른이 되는 징조로 받아들인 것은 아니었다. 그저 의아했을 뿐이다. 그래서 모르는 것이 없다던 헤스라는 아이를 찾아갔다. 헤스는 내게 이 사실을 함부로 말하지 않는 게 좋겠다고 했다. 이건 어른이 되는 징조라고. 나는 비밀로 해달라고 부탁했고 헤스는 어쩔 수 없다는 듯이 고개를 끄덕였다. 덜컥 겁을 먹은 나는 그때 알게 되었다. 내가 어른이 되어가고 있다는 사실을.

불변섬 밖에서는 아이들이 자라면 어른이 된다고 들어왔다. 그 말을 그리 귀담아듣지는 않았었다.

'어떻게 아이들이 자라나 기껏, 아이들을 괴롭히는 어른이 될 수 있겠어?'

속옷을 갈아입고는 집 앞 의자에 앉아 한숨을 푹 내쉬었다. 불변섬에서는 한숨을 내쉬면 안 되지만, 어차피 보는 사람도 없는 데다 한숨 말고는 현재 심정을 표현할 방도가 없기도 했다.

내가 어떤 심정이건 오늘도 불변섬은 아름답다. 불변섬을 둘러싼 울창한 숲은 싱그럽다. 그 숲을 이루는 나무 하나하나가 얼마나 크고, 그 큰 나무에 올라가 아래를 내려다보면 얼마나 멋진지 잘 알고 있다. 노을이 질 때 해변이 얼마나 아름다운 색을 띠는지도, 불변섬의 늘 따사로운 날씨가 얼마나 큰 축복인지도. 그러나 나는 불변섬을 떠나야 한다. 불변섬을 아름답게 하는 것은 아이들이니까.

더 이상 아이가 아니니 이곳의 다른 아이들에게 나는 해만 될 것이다. 무엇보다 어른이 되어버린 나를 아이들이 어떻게 바라볼지 두려웠다.

문득, 아이가 자라나면 어른이 된다는 말을 한 이가 누군지 떠올랐다. 불변섬의 외톨이 요정 아딘. 아이들 모두가 피하는 존재.

'아딘은 이 일에 대해 뭔가를 알지도 몰라.'

이제 아딘만이 이 섬에서 이 일에 대해 알만한 유일한 사람이다. 몸이 변화하기 시작했다는 것을 자각한

다음부터 나는 웬만해서는 그 누구도 만나지 않았다. 아딘을 보지 않은 지도 아마 두 달은 되었을 것이다.

'아딘과 있는 걸 다른 아이들이 보면 나를 이상하게 여길 거야.'

평소에는 아딘을 좋은 친구라 여기면서도 다른 아이들의 반응이 두려워 늦은 밤에만 겨우 아딘을 만나곤 했다. 하지만 오늘은 달랐다. 오랫동안 침묵해 온 이 사실을 당장 아딘에게, 아니 그 누군가에게라도 털어놓고 싶었다.

불변섬 구석진 곳, 집이라 하기에도 민망한 작은 텐트가 있었다. 텐트는 낡아 있었고 어두운 남색이었다. 텐트에서는 태양 빛에 가려진 희미한 불빛이 깜빡였다. 이 작고 연약한 텐트 앞에 서서 망설였다. 아딘이 이상한 말들을 하기 전까지는 나는 아딘과 제일 친했다. 남들과 어울리지 못하는 아딘은 유독 나를 따랐고 나는 어쩔 수 없다는 듯이 아딘을 챙겼다.

그때 굵직하고 낯선 목소리가 귓가를 두드렸다.

"누구야?"

나도 모르게 숨을 삼켰다. 다른 아이들의 가늘고 맑은 목소리와는 다른 굵고 탁한 음성에 소름이 돋았다. 겁을 먹고 다시 텐트를 확인해 보아도 이곳은 아딘의 텐트가 맞았다. 그런데 그 탁한 음성에서도 역시 아딘의 희미한 흔적이 묻어났다. 두려우면서도 안심이 되었다. 아딘 역시 나처럼 달라져 버린 게 아닐까? 애써 아무렇지 않은 척 말했다.

"나야, 웬디."

"웬디?"

아이들의 맑은 웃음소리가 들리는 오후. 무언가 무너져 내리는 산만한 소리가 들렸다. 낮은 중얼거림과 다급한 뜀박질 소리가 들려왔고, 곧 텐트의 얇은 문이 벌어졌다. 작은 틈새로 아딘의 밤하늘 같은 눈동자가 보였다. 그 눈동자가 목소리와는 달리 맑아서, 내심 졸이던 가슴을 내려놓았다.

"안녕, 아딘."

아딘은 틈새로 한참 나를 바라만 봤다. 눈동자가 잘게 흔들렸다. 눈동자에 감정이 어릴 수도 있다는 것을 처음 알았다. 그 감정을 건져보고 싶은 충동을 참으며 묵묵히 아딘의 눈을 마주 보았다. 얇은 문이 조금 더 넓게 벌어졌다.

"들어와."

나는 고개를 끄덕이고 텐트 안으로 들어갔다. 텐트 속은 아딘을 닮은 듯, 단정하면서도 산만했다. 텐트 중앙엔 반짝이는 빛이 맴도는 램프와 잘 정리된 침대. 그리고 방 이곳저곳엔, 투명한 병 속에 든 요정 가루가 보였다. 힐끔 뒤를 돌아보니 무슨 생각을 하는지 모를 표정의 아딘이 있었다. 아딘이 팔짱을 끼고 나를 바라봤다. 나도 아딘을 마주 보았다. 태연함을 가장했지만, 심장이 콩콩 뛰었다. 마지막으로 봤을 때까지만 해도 나보다 키가 작던 아딘이었다. 이제는 나보다 확연히 커져 있었다. 다른 아이들보다 겨우 조금 키가 커버린 나와 달랐다. 나와 머리 하나 정도는 차이가 나 보였다. 불쑥 커버린 아딘이 낯설어져 나는 어색하게 웃었다. 아딘이 침대 앞에 놓인 의자를 권하길래 냉큼 앉았다.

어색한 공기가 흘렀다. 희미하게 아이들의 웃음소리가 들려왔다. 아딘에게 물었다.

"'어른'이 돼 버린 거야? (어른이란 단어는 들릴 듯 말 듯 조그마한 목소리로 발음했다.)"

"응. 그러고 있는 거 같아."

"헉."

아딘의 긍정에 숨을 삼켰다.

"그럼, 왜 어른처럼 몸이 커지는 건지 알아?"

"아니. 몰라."

"어른이 된 것 같다며, 그런데 왜 몰라?"

답답한 마음에 따지듯이 물었다. 아딘은 내 짜증을 눈치챘을 텐데도 다정하게 답했다.

"아무도 알려준 적 없잖아. 불변섬에는 어른이 없기도 하고."

나는 입을 다물었다. 결국 아딘도 아는 것이 없다는 것이다. 나 역시 어른이 되었으면서도 아는 게 없었으니 이상한 일이 아니었다. 하지만 실망감이 들었다. 그 실망감이 아딘을 향한 미움이 되기 전에 말했다.

"사실 나도 어른이 된 거 같아."

아딘의 눈이 조금 커졌다. 내 겉모습이 아직 다른 아이보다 조금 큰 정도니 놀라는 것도 무리는 아니었다. 아딘에게 물었다.

"너는 언제부터 어른이 되고 있었어?"

"나도 잘은 몰라. 그냥 어느 순간 시야가 평소보다 더 높은 곳에 있었어."

"그랬구나."

다시 침묵이 맴돌았다. 나는 이곳에 오는 내내 했던 다짐을 다시 한번 되풀이하며 말했다. 목소리가 바르르 떨리지 않게 조심하다 보니 작은 소리가 되어 나왔다.

"그래서 말인데, 우리 불변섬을 떠날까?"

아딘은 아무 말도 하지 않은 채 나를 바라보았다. 조금도 놀라지 않은 듯한 얼굴에 괜히 심통이 났다.

"농담 아니야."

"알아."

"근데 왜 안 놀라?"

"너라면 그렇게 생각할 줄 알았거든."

이 말에 조금 놀랐다. 나는 아딘을 잘 알지 못했다. 그런데 아딘은 나를 꽤 잘 안다는 듯이 말한 것이다. 이 사실이 조금 불편했다. 하지만 내색하지 않은 채 말을 이어갔다. 아딘은 늘 그랬듯이 내 말을 경청했다.

"언젠가 완전한 어른이 된다면 우리도 결국엔 친구들을 괴롭히게 될지도 몰라. 그러니까 떠나야만 해."

"응."

"왜 떠나야 한다고 이야기하는데? 너는 아무렇지 않

아? 나는 불변섬을 떠난다고 생각만 해도 울고 싶어지는데."

"혼자 떠나는 게 아니잖아."

아딘이 웃었다. 진심으로 괜찮다는 듯이. 맑고 깨끗한 그 웃음에 조금 슬퍼졌다. 곧 아딘은 어른이 될 거고, 저렇게 웃는 법을 잊을 테니까. 울음이 내 가슴까지 스며 차 올라왔다. 결국 아딘의 작은 텐트 안에서 한참을 울었다. 내가 우니 아딘도 덩달아 울었다. 우리는 땅거미가 질 때까지 계속해서 울었다. 더 이상 영원하지 않을 내일이 다가오고 있었다.

눈물이 날 만큼 아름다운 섬을 떠난다. 그나마 다행인 것은 아딘과 함께라는 것일까? 그의 존재가 상상 이상으로 위안이 되었다.

아딘이 빛나는 요정 가루를 들고 내게로 왔다. 나는 그 요정 가루를 한 웅큼 쥔 다음 눈을 감고 뿌렸다. 거울을 보지 않아도 지금 내게 반짝이는 황금빛 눈이 내렸다는 것을 알 수 있었다. 옆을 돌아보자, 아딘도 빛나는 눈을 맞은 채였다. 두둥실, 몸이 떠오르는 것을 느끼며 아딘의 손을 꼭 잡았다. 아딘의 손이 살짝 떨렸다.

무슨 일인가 싶어 돌아보자, 아딘이 잡히지 않은 쪽 손으로 얼굴을 가리고 고개를 돌려버렸다.

"아딘, 귀가 빨개."

"추워서 그런가 봐."

고개를 갸웃하다가 이해한 척 고개를 끄덕였다. 불변섬은 늘 따뜻한 봄 날씨다. 하지만 귀가 빨개진 게 날씨 때문은 아닐 거라고 말했다가는 아딘을 못 믿는 것처럼 보일까 봐 말하지 않았다.

몸을 살짝 휘젓자, 앞으로 나갔다. 서서히 안정을 찾자 나는 아딘의 손을 놓았다. 그러자 아딘이 자기 손을 물끄러미 바라보았다.

"왜?"

내가 물었다. 아딘은 자기 손 한번 나 한번을 번갈아 보고는 슬며시 웃었다.

"아니야, 아무것도."

그러고는 몸을 휘저어 앞으로 나아갔다.

바람이 불어와 뒤로 밀리기도 하고 날아가는 새들과 부딪치기도 했지만, 꾸준히 앞으로 향했다. 그렇게 나아갈수록 점차 지쳐갔다. 중간중간 섬에서 쉬기도 했지만 팔과 다리는 아렸고 가까이서 태양을 마주한 피부는 쓰라렸다. 가져온 음식이 거의 다 떨어져 배가 점점 주려왔다. 육체적으로도 한계에 달해 갔지만, 기약 없이 간다는 것은 정신적으로도 지치는 일이었다. 그래도 우리는 약속이라도 한 듯 쉬지 않고 앞으로 향했다. 어디로 가야 할지 모르면서 무작정 앞으로 나아가는 나와는 달리 아딘은 어딘가 목적지가 있는 것 같아 보였다.

그때였다. 어디선가 웅성거리는 소리가 들렸다. 졸음에 감겨 내려오는 눈꺼풀을 치켜올리며 앞을 내다보았다. 아딘은 졸음기 없는 눈으로 소리의 근원지를 응시하고 있었다. 저 너머 어둠을 밝히는 빛이 머문 배가 보였다. 그곳의 뱃사람들이 우리를 보고 소리쳤다. 하지만 거리가 멀어서 뭐라고 말하는 건지 알아들을 수 없었다. 나는 고개를 갸웃했다.

"해적이야."

아딘의 말에 몸이 굳었다. 해적이라니, 어른들로만 이루어져 아이들을 괴롭힌다는 그 나쁜 해적 떼들이 나타나다니.

도망가야 한다는 생각에 아딘의 팔을 잡고 허우적거렸다. 하지만 아딘이 반대쪽으로 힘을 주는 바람에 앞으로 나가지지 않았다. 분한 마음에 아딘을 돌아봤다. 아딘은 여느 때처럼 평온한 얼굴로 있었다.

"나를 믿어줘, 웬디."

아딘이 말했다. 나는 점차 해적 쪽으로 다가가는 아딘이 이해되지 않았다. 무서워 눈물이 날 것 같았지만 꾹 참았다. 그러다 몸에 힘이 들어가 버렸다. 뻣뻣하게 굳어버리자, 아딘이 곧 나를 해적 쪽으로 이끌었다. 잠시 잠깐, 아딘이 해적들에게 나를 넘기려 할지도 모른다는 생각이 들었다. 두려움에 떨다 눈을 감았다. 시야가 차단되면 떨림이 덜해지리라 여겼건만 오히려 두려움은 더해갈 뿐이었다.

다시 눈을 떴다. 그러자 아딘과 나는 해적 선장으로 보이는 어른 앞에 서 있었다. 그런데 막상 마주한 존재는, 무서운 표정에 날카로운 이빨을 빛내던 그림 속 해적과는 달랐다. 가까이서 본 해적들은 상상했던 그런 특징이라곤 전혀 없었고, 그저 웅성거리며 우리를 보고 있었다. 그중 대장으로 보이는 사람은 무슨 생각을 하는지 모를 얼굴이었다. 나로서는 그 얼굴에 비친 생각을 읽어낼 재간이 없기도 했다. 이 선장 역시 그림으로 보았던 것과 달랐다. 무엇보다도 선장은 건장한 체격의 남자가 아니라 중년의 여성이었다. 몸집이 그렇게 크지 않았지만 그렇다고 또 편하게 느껴지지는 않았다. 건장한 체격의 남자 선장이었다면 오히려 저 여성보다는 편했을지도 모르겠다는 생각이 스쳤다.

선장이 입을 열었다.

"오랜만이야, 아딘."

나는 눈을 동그랗게 떴다. 선장이 어떻게 아딘을 아는 거지? 아딘은 고개를 살짝 굽혔다. 마치 아는 사람을 만난 것 같은 모습. 나는 어쩔 줄 몰라 하며 아딘을 바라봤다. 그러자 아딘이 내게 눈짓했다. 그 눈짓을 알아듣지 못하자, 아딘이 작게 속삭였다.

"나중에, 나중에 다 말해줄게."

귀가 간질거렸다. 불안해하는 와중에도 그게 신경 쓰인다는 것이 이상했다. 간질거림이 귀 안쪽 깊은 곳까지 닿았다.

선장이 말했다.

"이 소년은 전에 내 목숨을 구해준 은인이다. 해적은 은혜를 잊지 않지. 따라서 우리는 소년을 돕는다."

선장의 말에는 거부할 수 없는 무언가가 있었다. 나도 모르게 긴장해 침을 꼴깍 삼켰다.

“하지만 우리가 저 소녀를 도울 이유는 없지.”

“선장!!”

아딘이 소리쳤다. 선장은 아딘을 짧게 응시하고 나를 바라봤다. 그 시선이 나를 향하자 나는 흠칫 굳어버렸다.

“그러니 네 쓸모를 증명해라. 우리 해적단에 네가 필요하다는 것을 증명해 봐.”

선장의 말은 태어나 처음 듣는 소리였다.

내가 멍하니 보고만 있자, 선장은 조금 누그러진 목소리로 말했다.

“네 가치를 증명해 봐라. 만약 증명하지 못하면 너는 아딘과 헤어지게 될 거다.”

아딘을 돌아보자, 아딘은 고개를 격하게 도리도리 저었다. 하지만 나는 여전히 아딘을 믿지 못했다. 두려움이 밀려왔다. 혼자 남겨지는 것은 싫다. 지겹게 하늘을 날아다니는 것도 이제는 그만하고 싶다. 나는 머리를 굴렸다. 내 가치라니, 단 한 번도 생각해 본 적이 없다. 나는 무엇을 할 수 있을까?

"나는 과자를 잘 만들 수 있어요. 오랫동안 잘 수 있고…. 아이들과 잘 어울릴 수 있어요. 책의 내용을 실감나게 이야기할 수도 있고…."

하지만 이런 게 무슨 소용이지? 아딘을 바라봤다. 아딘의 얼굴이 난감한 듯 일그러져 있었다. 내가 아딘에게 짐이 된 것이 분명했다. 이 와중, 손에 느껴지는 다정한 온기 때문에 눈이 시큰거렸다.

너는 어린아이가 아니야. 어른이랑 어울리려면 어른처럼 생각해야 해.

"악몽을 쫓아드릴 수 있어요."

침묵이 흘렀다. 나는 살금 눈을 떴다. 선장을 비롯한 선원들이 무언가를 참는 듯한 얼굴을 하고 있었다. 의아해진 찰나 선장이 웃음을 터뜨렸다. 그 웃음을 기점으로 선원들이 소리 내 웃었다. 웃음소리조차 아이들의 웃음과는 달리 웅장하고 거칠어서 나는 또다시 어깨를 움츠렸다.

"재밌네. 당돌하고."

선장이 낮은 목소리로 중얼거렸다.

"기대 이상이야, 밤톨."

분위기가 부드러워진 듯했다. 영문을 몰라 굳어있는

데 선장이 말했다.

"오늘부터 이 소년과 소녀는 우리의 동료다. 잘 대해 주도록."

호응하는 듯한 해적들의 거센 외침이 들렸다. 어찌 된 영문인진 몰라도 그럭저럭 위기를 넘겼다는 느낌이 들면서 다리에 힘이 풀렸다. 아스라해지는 의식 속에서 아딘이 내 팔을 붙잡아 지탱하는 것이 느껴졌다. 나는 잠이 들었다.

아딘은 잠든 웬디를 품에 안았다. 많이 긴장했던 모양인지 안쓰럽게도 얼굴에 식은땀이 맺혀있었다. 그걸 본 아딘이 선장에게 으르렁거렸다.

"왜 그랬습니까?"

이 말엔 여러 의미가 내포되어 있었다. 아딘은 알았다. 선장은 처음부터 웬디를 받아줄 생각이었다. 그래야 불변섬에 대한 정보를 알 수 있을 테니까. 웬디는 겉돌았던 아딘과 달리 불변섬을 빛나게 만들었던 아이였으니 사실 그 존재만으로도 가치가 있었다.

선장은 아딘에게서 웬디를 데려다 안았다. 아딘은 발

끈했으나 그는 웬디를 선장만큼 가볍게 들어 올리지 못했다. 아딘의 노려보는 시선을 느낀 선장이 대수롭지 않게 말했다.

"몸이 자라났으면 어른으로 살아가야지. 언제까지고 어린아이에 머물 수는 없어."

"…."

"오늘, 이 아이는 어른이라는 세계에 발을 들인 거야."

아딘이 분한 표정을 지었다. 그러다 웬디가 뒤척거리자, 웬디를 걱정스러운 눈빛으로 바라봤다. 그 눈빛에 애정이 담겨 있었다. 자신의 가장 친한 친구라고 했었나? 하지만 그 눈빛은 단순히 친구를 바라보는 눈빛이 아니었다. 선장은 픽 웃었다.

"너도 아직은 애송이다, 아가."

아딘이 질색했다. 반항해 봤자 선장은 아딘의 머리를 꾹꾹 눌러대었다. 그래도 처음 봤을 때처럼 죽은 듯이 있는 것보다는 이런 식으로 신경질이라도 내는 게 낫겠지 싶었다.

"이 나이 먹어서 애들을 키우게 생겼네."

선장은 아딘과 웬디를 의식하여 시가를 피우고 싶은

욕구를 간신히 눌러 참았다.

이상할 정도로 시야가 흐렸다. 이대로 불변섬의 찰리처럼 눈이 멀어버리는 것은 아닌지 걱정되었다. 찰리는 불변섬에 올 때부터 이미 눈이 먼 채였다. 그래서 오히려 별 무리 없이 적응했지만 나는 그러지 못할 것이 분명했다. 이런 이기적인 생각이 들면서 덜컥 겁이 났다. 그때 흐린 시야 사이로 어떤 여자가 무릎을 굽히고 앉는 게 보였다. 그 여자를 보자 어쩐지 안심이 되었다. 애써 경계해 보려 했으나 여자의 앞에서는 무용지물이었다. 경계하는 것을 포기하고 여자를 좀 더 살펴보았다. 여자는 검은 머리를 하나로 모아 묶어 단아한 느낌이 났다. 선장보다 조금 더 젊어 보였다. 여자는 웬일인지 격하게 울고 있었다. 여자는 어른이지만 어쩐지 나를 해칠 것 같지는 않았다.

오히려….

"웬디!"

코끝을 간질이는 바람이 느껴졌다. 그 바람 속에선 염분기가 느껴졌다. 그러다 깨닫는다. 내가 섬을 떠나 있다는 사실을. 그러고 보니 이렇게 푹 잔 것도 오랜만이었다. 여태까지는 자면서도 늘 공중에서 언제 떨어질지 모른다는 불안에 시달렸으니 말이다. 지금 내가 있는 곳이 어디인지 궁금해졌다. 눈꺼풀을 움직여 살며시 눈을 뜨자 살랑이는 햇빛이 가볍게 눈을 두드렸다. 살짝 상체를 일으켜 주위를 둘러봤다. 내가 눈을 뜬 곳은 어느 잘 정돈된 방이었다. 방에는 딱딱한 침대와 최소한의 가구만이 놓여 있었고, 뚫린 창문으로 들어오는 햇살만이 간신히 공백을 채우고 있었다. 내가 누운 침대 옆 작은 의자에는 아딘이 앉아 있었다. 아딘이 눈을 동그랗게 뜬 채 나를 바라봤다. 아까 나를 부른 목소리도 아딘이었나보다.

"안녕."

내가 어색하게 인사하자 아딘이 응수했다. 아딘은 표정 없이 바른 자세로 앉아 있었다. 그런데도 어쩐지 아딘이 초조해하는 것 같은 느낌이 들었다.

"피로가 누적되어서 잠든 거래. 몸은 좀 괜찮아?"

"응."

정적이 흘렀다. 아딘과의 정적은 언제고 불편하지 않았다. 그렇지만 이번에는 어딘가 편하지 않았다. 시간을 마음대로 조종할 수 있다면! 시간이 순식간에 흘러가 버렸으면 좋겠다. 간절히 바랐지만 그런 일은 일어나지 않았다. 아딘이 입을 열었다.

“미안해, 웬디. 다 설명할게.”

“아냐 괜찮아.”

사과 듣는 상황이 낯선 나머지 제대로 듣지도 않고 무심코 괜찮다고 답을 해 버렸다. 몸이 멀쩡한 걸 보니 아딘의 생각대로 된 모양이다. 가치를 증명하라는 말에 놀라서 아무 말이나 막 뱉었던 것 같은데 다행이었다. 아딘이 입을 열었다.

“섬에서 살 때, 선장을 만난 적 있어.”

숙였던 고개를 번쩍 들었다. 섬에서 어른을, 그것도 선장을? 도저히 일어날 수 없는 일이었다.

“소년 병사들이 찾지 못하도록 선장을 잠시 숨겨줬었어. 그때 선장은 많이 다쳐서 아파 보였거든.”

“세상에….”

“그래서 선장이 나중에 은혜를 갚겠다고 했어. 그게 지금이고.”

감탄사가 절로 나왔다. 결과적으로 잘 되었으니, 아딘을 탓할 일도 아니었다. 그렇지만 마음속에서는 대립

하는 무언가를 느꼈다. 그때 선장은 그곳에 있는지 누구도 눈치채지 못했을 만큼, 불변섬에 아무런 해도 가하지 않았다. 게다가 다친 사람을 돕는 것은 당연한 이치이다. 하지만 선장은 어른이다. 어른을 돕는 것은 잘못이다. 무엇이 맞고 무엇이 틀린 지 혼란스러웠다. 그래서 이 일에 관한 생각은 미뤄두기로 하고 아딘에게 물었다.

"그럼 우리는 여기 머무르는 거야?"

"응."

"더 이상 안 날아다녀도 되는 거지?"

"응."

그 외에도 여러 가지를 물어보고 나서야 숨을 내쉬었다. 그제야 아딘이 걱정되었다. 나는 잠들어 있었지만, 아딘은 곤란했을 텐데. 하지만 왠지 괘씸한 마음에, 걱정하는 기색을 내비치지는 않았다.

"내일부터 어른으로 살아가는 법을 배우게 될 거야, 웬디."

"응."

"내가 반드시 지켜줄게."

아딘의 볼이 살짝 붉었다. 열이라도 나나 싶어 얼른 이마를 짚어보았다. 역시나 이마가 뜨끈했다. 열이 나는지 아닌지 한참을 짚어보다 입을 떼려는 찰나, 아딘이 벌떡 일어났다.

"이만, 가볼게."

그러고는 급하게 밖으로 나갔다. 아딘이 밖으로 나가자, 한구석에서 어떤 여자가 고개를 빼꼼 내밀었다. 나와 눈이 마주치자, 여자가 작게 웃었다. 웃을 때 수줍게 드러난 볼우물이 예뻤다.

"반가워요. 나는 앞으로 너를 가리킬 에이미라고 해. 잘 부탁해요."

"아…."

아, 어른으로 살아가는 법을 배우게 될 거라고 아딘이 말했었지. 에이미는 태연히 선실에 들어오더니 허리를 짚고 중앙에 섰다.

"그래서, 이름이?"

"웬디입니다."

잔뜩 굳어서 대답하자 에이미는 손사래를 쳤다.

"안 잡아먹으니까 그렇게 긴장할 거 없어. 편하게 해, 편하게."

"네."

여전히 바짝 굳어 답하자 에이미가 난감한 듯 웃었다.

"이건 차차 나아질 문제고…."

에이미가 작게 중얼거렸다.

"매일 밤 선장실에 가게 될 거야."

"네?"

"네가 그랬잖아요. 악몽을 꾸지 않게 할 수 있다고."

장난기 어린 목소리였다. 그 목소리에 쭈그러들었던 마음이 곱게 펴지는 것만 같다. 적어도 난 악몽을 꾸지 않게 하는 일에는 자신이 있었다. 나는 환해진 얼굴로 고개를 끄덕였다.

저녁까지 쉴 수 있었다. 선장의 배려라고 했다. 이윽고 저녁, 선장실로 향했다. 거기까지는 그리 멀지 않았다. 방 앞에 서서 망설이는데 문이 벌컥 열렸다.

"언제 들어오려던 게냐?"

나는 어색하게 웃었다. 선장이 나를 빤히 바라보는 게 느껴졌다. 괜히 웃었나 싶었지만 다시 주워 담을 수는 없었다.

"들어와라."

先장은 약간의 타는 냄새가 나는 무언가를 입에 머금고 있다가 '후'하고 내뱉었다. 하얀 입김이 서렸다. 기침이 나면서도 그게 신기해 골똘히 바라보는데 선장이 창문을 열고는 그 무언가를 꺼버렸다. 잔향이 코끝을 맴돌았다.

"이름이 뭐니?"

"웬디. 웬디입니다."

"웬디라."

선장은 뭐라고 낮게 중얼거리다가 침대에 털썩 앉았다. 갑작스러운 그의 행동에 내 몸이 굳어지는 걸 느꼈다.

"그래, 악몽을 쫓으려면 나를 재워야 할 거 아니야? 어떻게 나를 재우려고?"

선장이 물었다. 나는 입을 꾹 다물고는 아이들을 재울 때처럼 선장의 커다란 몸을 토닥토닥 두드렸다.

"자장자장…."

다시 한번 자장자장 하려는데 어쩐지 긴 침묵이 이어져 고개를 들어보았다. 선장은 졸음기라곤 조금도 어리지 않은 눈으로 나를 보고 있었다. 어른은 아이와 다른

가 보다. 내가 가까이 다가가 앉자, 선장은 흥미롭게 나를 바라보았다.

"이제는 동화책이라도 읽어주게?"

비꼼이 명백한 어투였다. 내가 볼을 부풀리자, 선장이 작게 웃었다.

"됐어. 어차피 별로 자고 싶지도 않아."

"뭐예요…."

"잠들기 전에 말동무나 해줘, 밤톨."

밤톨이라니…. 저번에 불렀던 이상한 호칭이 또 튀어나왔다. 어쩐지 부끄러운 기분에 고개를 홱 돌려버렸다.

"불변섬은 어떤 곳이었어?"

반사적으로 몸이 굳었다. 애써 담담한 척 말했다.

"아름다운 곳이었어요, 무척."

"그 아름다움이 영원했으면 좋겠니?"

"물론이죠. 영원한 건 좋은 거니까요."

당연하다는 듯이 말했다. 선장이 내 머리를 꾹꾹 눌렀다.

"나도 그렇게 생각하던 때가 있었지."

"에?"

멍청한 소리를 내며 고개를 갸웃했다. 선장이 다시 머리를 꾹꾹 눌렀다. 고개가 저절로 숙여졌다.

"하지만, 웬디. 영원하지 않기에 더 아름다운 것들이 있어. 일시적이기에 좋은 거지."

"일시적이면 좋은 게 끝난다는 거잖아요."

"더 좋은 게 시작된다는 의미이기도 해."

무슨 말인지 모르겠다. 머리가 복잡해져서, 선장에게 얼른 자라는 듯이, 불변섬의 아이들이 가장 빠르게 잠들던 노래를 나긋이 불러주었다.

레몬꽃이 피고 지는 나라.
아이의 첫 웃음에 요정들이 태어나고
무지개가 피어오르면 요정들이
무지개다리를 건너가지.
무지개를 무지개를 넘어가면
모든 요정과 아이들의 고향이 있단다.

여기까지 부르고선 조심스럽게 눈을 떴다. 노래만 불러주면 쉬 잠들던 아이들과는 달리 선장은 잠들어 있지 않았다.

“주무세요.”

내 말에 선장이 픽 웃으며 눈을 감았다. 선장은 한참을 뒤척이다가 시간이 꽤 지나고 나서야 일정한 숨소리를 새근새근 내보냈다. 그 모습이 꼭, 잠든 여느 아이와 다르지 않아 보였다. 어쩐지 우울해졌다. 다르다고 생각했던 어른과 아이가 보면 볼수록 비슷해 보이는 탓이었다. 애써 기운을 차리고서, 잠든 선장의 손을 잡았다.

선장은 악몽을 쫓아준다는 말을 허세로 치부했지만, 허세도 거짓말도 아니다. 정말 나는 악몽을 쫓을 수 있다. 정확히 말하면 남의 꿈속에 들어갈 수 있다. 약간의 신체 접촉만 있다면 말이다. 나는 눈을 감고서 잠이 오기를 기다렸다. 곧 익숙한 암흑이 찾아왔다.

반짝반짝 빛나는 모래가 아닌 잿빛 모래가 무성했다. 검고 진득한 파도가 몰아쳤고 하늘은 푸르르지 않았다. 검은 바다 위에서 한 아이가 하늘을 날고 있었다. 아이는 맑게 웃으며 멀어졌다. 아이의 붉은 머리는 양 갈래로 땋아 있었다. 아이 근처에는 한 소년이 있었는데 그가 어딘가 눈에 익었다.

‘제스’

제스였다. 선장의 꿈에 제스가 나온 것은 우연일까? 우연이 아니라면 어떻게 선장은 제스를 알고 있는 건지, 저 옆에 있는 아이는 누군지….

궁금했다. 하지만 일단 선장을 찾아보기로 했다. 선장을 찾는 것은 그리 어렵지 않았다. 선장은 잿빛 모래사장에 무릎을 꿇은 채 울부짖고 있었다. 그 모습을 알아보자마자 선장의 목소리가 들렸다. 하지만 그의 말엔 울음이 섞여 있어서, 무슨 말을 하는지 제대로 알아들을 수 없었다. 선장을 불렀다.

"선장님."

듣지 못한 것 같아 다시 한번 큰 소리로 불렀다.

"선장님!!"

결국엔 선장의 옷자락을 잡았다. 그래도 선장은 미동도 없이 바다를 보며 울고 있었다. 나는 선장의 시선을 따라갔다. 이제 거의 보이지 않을 만큼 멀어진 아이와 제스를 보고 있었다. 선장의 뺨을 잡고 억지로 눈을 맞췄다.

"…."

"왜 이렇게 슬퍼하시는 건가요?"

"…."

선장이 고개를 저었다. 그러고는 차마 시선을 피할 수 없다는 듯이 아이를 바라보며 울었다.

"내, 탓이야."

그는 작게 중얼거렸다. 아이와 제스 그리고 선장. 이들의 관계가 궁금했다. 사부작사부작 소리가 나는 흑백 모래사장에 서서 상황을 정리했다. 제스가 아이를 데려가고 있고, 아이와 어떤 관계가 있는 선장이 이를 슬퍼하고 있다. 어쩌면 제스가 가끔 섬을 나가 아이들을 데려올 때마다 이런 광경이 벌어지지 않았을까? 그렇게 생각하자 속이 울렁거렸다. 제스는 우리의 영웅. 선장은 본 지는 얼마 안 되었지만 그리 나쁜 사람 같지는 않다. 제스는 나쁜 사람을 혼내줄지언정, 이렇게 나쁘지도 않은 사람을 슬프게 하는 아이는 아니다. 혼란스러웠다.

누구보다 강해 보였던 선장의 울음에 나도 따라 울 것 같은 얼굴이 되어 말했다.

"뭔지 모르지만 괜찮아요. 당신의 잘못이 아니에요."

선장을 어설프게 끌어안았다. 그와 동시에 잠에서, 선장의 꿈으로부터 깨어났다.

부스스 눈을 떴다. 아직 졸음기가 가시지 않은 눈으로 나를 빤히 응시하는 선장이 눈에 들어왔다. 선장의 시선은, 천천히 몸을 일으키는 나를 향해 있었다.

"악몽을 쫓아줄 수 있다고 했잖아요."

"뭐?"

"한 번으로는 무리였나 봐요. 다음에는 악몽을 꾸지 않게 더 노력할게요."

내 말에 선장의 표정이 멍해졌다. 넋이 나간 것 같은 모습에 나는 조금 무서웠다.

"꿈을…. 조종할 수 있어?"

선장의 표정은 간절하기까지 했다. 고개를 천천히 끄덕이자, 선장이 자신의 얼굴을 여러 번 쓸었다. 오, 신이시여. 이렇게 중얼거리기도 했다.

*

비가 와르르 쏟아졌다. 꼭 플라스틱 막대가 하늘에서 떨어지는 것 같았다. 배에서 실외에 해당하는 부분에는 사람이 거의 없었다. 이런 날에는 비가 떨어지는 배 위는 위험하기 때문이라고.

아침 일찍 아딘의 방으로 가 그를 깨웠다.

"웬디?"

아직 잠이 덜 깬 듯 몽롱한 음성이었다. 어서 깨라는 듯, 아딘의 팔을 흔들었다.

"같이 비 맞으러 가자."

갑작스럽고 이상한 말일 텐데도 아딘은 군말 없이 자리에서 일어났다. 아딘이 배낭에서 우비를 꺼내 나에게 주었다.

"너는?"

아딘 몫의 우비가 보이지 않아 묻자, 아딘은 웃으며 얼른 가라는 듯이 손짓해 보였다. 결국 나 혼자만 우비를 입은 채로, 밖으로 나왔다.

비를 맞았다. 비는 굵직했다. 불변섬에서는 비가 오지 않기에 비란 어떤 것일지 너무 궁금했는데 그것은 바다보다 따뜻했고 플라스틱 막대보다 부드러웠다. 그리고 비가 떨어질 때 나는 소리도 정말 좋았다. 아딘을 바라보자, 아딘은 비를 막아주는 천장 아래 머무르며 손만 내밀어 비를 맞히고 있었다. 그의 얼굴이 어딘가 멍하고 슬퍼 보였다. 그만 심장이 덜컥 내려앉아 아딘에게 달려갔다.

"왜 그래, 아딘?"

"응?"

빗소리에 내 말이 묻힌 모양이다. 나는 조금 더 달려갔다. 달릴 때마다 찰팍거리며 물이 튀는 것이 재밌었다. 아딘에게 다가가 다시 묻자, 그는 난감하다는 듯이 웃었다. 저 웃음은 주로 무언가 숨기는 것이 있을 때 짓는 표정임을 오랜 친구인 나는 알고 있었다. 신나있던 기분이 순식간에 가라앉았다. 아딘은 아차 싶어 하는 얼굴이었다. 하지만 저런 표정을 지어 보인들, 아딘은 끝내 내게 어떤 말도 해주지 않을 것이었다.

'너에게 나는 대체 뭐야?'

차마 아딘에게 묻지는 못했다. 아무런 존재도 아니라는 답이 나올까 봐 무서워서.

새벽, 희미한 신음에 잠이 깨었다. 피로가 눅진하게 달라붙어 있었다. 다시 잠들고 싶었다. 하지만 이대로는 다시 잠들지 못할 것 같았다. 무거운 몸을 일으킨 뒤 요정 가루가 담긴 병을 작은 달빛으로 삼아, 소리가 나는 곳으로 향했다. 처음에는 희미하던 소리가 다가갈수록 점점 뚜렷해졌다. 소리의 근원지로 생각되는 곳에 다다라 잠시 멈춰 섰다. 가까이 오니 그 소리는 거의 비명처럼 들렸다. 문을 두드렸다. '똑똑.' 답이 없어 다시 두드렸다. 그렇다고 소리가 잦아들지도 인기척이 느껴지지도 않았다. 망설이다 문고리에 손을 댔다. 잠겨 있을 거라 믿었던 문은 쉽게 열렸다. 방에 들어가 보니 비명의 주인공은 침대에서 떨어진 참이었다. 그 사람을 향해 다가갔다. 가까이 다가가 얼굴을 보고는 화들짝 놀랐다. 그 얼굴은 아딘이었다. 아딘에게서 피 냄새가 나지는 않았다. 다만 아딘은 미간을 찌푸리고 몸부림치며 눈물을 뚝뚝 흘리고 있었다. 나는 안절부절못하다 서둘러, 악몽을 꾸고 있는 것만 같은 아딘의 손을 잡았다. 영원히 아딘이 깨어나지 못할까 봐 두려웠다.

꿈속은 찬란한 색을 머금고 있었다. 악몽을 꾸는 사람치고 이렇게 아름다운 색채를 머금은 경우는 거의 없었기 때문에 나는 조금 놀랐다. 꿈속 풍경이 펼쳐진 곳은 처음 보는 장소였다. 한마디로, 불변섬이 아니었다.

'이곳은 아딘의 상상 속 공간일까?'

하지만 이상했다. 단순히 상상 속 공간이라기엔 지나치게 아름다웠고 선명했다. 처음 보는 양식의 집들과 나무들이 군데군데 있었다. 그런데 이 낯선 공간이, 전혀 와본 적 없는 공간이 익숙하게 느껴지는 것은 왜일까? 이 묘한 기분에 더 휩싸이기 전에 아딘을 찾아냈다. 아딘 옆에는 또 다른 내가 있었다.

'왜 아딘의 악몽에 내가 있는 거지?'

나는 아딘에게 다가갔다. 둘의 대화 소리가 들렸다.

"엄마는 저 바다 어딘가에 있어. 살아 있을까?"

"…."

아딘은 침묵했다. 살아 있지 않으면 어떻게 되는 건지 모르겠다. 하지만 '나'와 아딘은 의문을 해결해 주지 않았다.

"나는 바다가 미워. 결국은 엄마까지 데려간 바다가 말이야. 바다는 욕심쟁이야."

"나도 바다를 좋아하지는 않아."

"그렇지? 바다를 좋아하는 사람들을 이해할 수 없어. 겉이 아름다우면 뭐 해. 속이 검은데."

"…."

"우리는 어쩌면 배를 타고 가고 있는 거야."

뜬금없는 말이었다. 하지만 아딘은 늘 그렇듯 '나'의 말에 집중했다.

"언제나 함께일 줄 알았던 엄마도 언젠가는 배에서 내리는 거지. 엄마가 내려도 배는 끝없이 앞으로 나아가. 여리던 내 손을 잡아줄 당신이 이제는 없어. 매일 휘우듬하게 흔들리는 배 안에서도 넘어지지 않는 또 하나의 어른이 되기를 바랄 뿐이지."

"너는 그런 어른이 될 수 있을 거야."

아딘이 말했다. 나는 아딘과 눈을 마주치고 있지 않았다. 그럼에도 아딘의 말이 사실일 것 같다는 생각이 들었다. 아딘이 수줍게 말했다.

"나도 그런 어른이 되어 네 옆에 있고 싶어."

언제나 내가 기대기만 하던 아딘이 누군가에게 기대는 모습은 처음이었다. 의아한 마음으로 바라보는데, 바로 그때 '나'와 눈이 마주쳤다.

"부러워?"

그와 동시에 꿈에서 깨어났다. 뭔가 축축한 느낌에 이마를 쓸었다. 식은땀으로 젖어 있었다. 손을 세게 잡힌 감각이 남아있었다. 잡은 손의 주인인 아딘은 아직도 악몽 속에 있었다. 급히 아딘을 꿈에서 깨웠다. 아딘은 한참을 더 악몽에 시달리고서야 꿈에서 깨어났다.

"웬디…?"

"아딘."

눈물이 나올 것 같았다. 아딘이 나를 보고는, 몸이 무거운 듯 둔하게 몸을 일으켰다. 내가 먼저 그에게 물었다.

"괜찮아? 악몽 꿨어?"

"…."

"무슨 내용이었는데?"

아딘은 입을 다물고 시선을 돌렸다. 서운했다. 정작 나는 가장 중요한 순간에 아딘을 의심하며 믿지 못했었음에도 그랬다.

"말하고 싶지 않으면 안 해도 돼."

아무렇지 않게 말하고 싶었지만, 목소리가 바르르 떨렸다. 저번에 빗속에서 느꼈던 감정이 울컥 올라와서였다. 아딘은 당황하는 듯했다.

"웬디 너…."

그렇게 말하면서 아딘이 내 볼을 쓸자, 물방울이 묻어났다. 나는 그제야 내가 울고 있음을 알아차렸다. 서럽고도 부끄러워져 고개를 숙였다.

"왜 이러지, 진짜. 나 괜찮은데."

고개를 숙인 채 어깨를 들썩였다. 아딘은 그제야 상황을 완전히 파악했는지 나를 따라 몸을 일으킨 다음 미안하다는 말을 거듭했다. 그 다정함에 눈물이 멈추지 않았다. 아딘이 나직한 목소리로 말했다.

"들어봤자 좋을 게 없는 내용이라서 이야기하지 못했어."

이 말에 나는 고개를 끄덕였다. 비단 지금의 일에 한정된 이야기만이 아니라고 느꼈다. 뒤늦게나마 조금 진정되고 나자, 아딘이 걱정되었다. 정작 괴로워하고 있었던 것은 아딘임에도 그는 내색조차 하지 않고 있었다. 나 때문에. 이 사실을 깨닫자 다시 눈물이 나올 것 같았지만 이번에는 울지 않았다.

"나 사실 너의 악몽에 들어갔다 왔어."

"뭐?"

"허락받지 않고 들어가서 미안해."

아딘은 어떤 감정이 담겼는지 모를 얼굴로 나를 바라봤다. 내가 자신의 꿈속에 들어갈 수 있다는 것을 알고서 제스가 화를 냈던 것이 생각나면서 저절로 어깨가 움츠러들었다. 그런데 아딘은 화를 내는 대신 이렇게 물었다.

"거기서 뭐를 봤어?"

"나를 봤어. 정말 미안해."

"아니야, 괜찮아."

아딘이 생각에 빠졌다. 내가 나오는 그 꿈이 아딘에게 꽤 괴로운 꿈임을 눈치챘기에 그가 꿈 생각을 하지 못하게끔 다른 화제를 꺼냈다.

"선장을 구한 적 있다고 했지. 그럼 그를 만나본 적 있을 거 아니야."

"응."

"그는 어떤 사람이야?"

"나도 잘은 몰라. 워낙 짧게 만난 사이이기도 해서."

아딘의 눈동자가 그때를 회상하듯 멀어졌다. 나는 그 회상을 방해하지 않은 채 얌전히 있었다. 아딘은 오래 지나지 않아 다시 나를 바라봤다.

"만났을 때 이야기 해줄까?"

"응응."

냉큼 대답하는 목소리에 아딘이 작게 웃었다. 아딘이 자신의 이야기를 해주는 건 처음이었다.

"어떻게 만나게 되었냐면 말이야."

웬디를 기다리던 아딘은 음식이 떨어졌음을 깨닫고 길을 나섰다. 그리고 처음 붉은 자국을 봤을 때부터 그것이 사람 몸에서 나오는 액체임을 알아차렸다. 잠시 고민하던 아딘은 액체를 따라갔다. 따라간 이유는 단순했다. 저렇게 많은 액체를 흘린 사람을 지금까지 본 적이 없었기에 과연 어떤 존재일지 궁금했던 것이다. 아딘은 액체를 따라가 그 시발점을 발견했다. 액체의 주인은 놀랍게도 한 어른이었다. 그 어른은 아딘을 바라보고 있었다. 한번 눈을 마주치고 나니 왠지 시선을 피하기가 힘들었다.

"어이, 꼬마."

"…."

"말을 할 줄 모르는 거냐?"

아딘은 고개를 저었다.

"말은 알아듣나 보구나. 말도 할 줄 아는 모양이고."

"…."

"혹시 나 좀 도와줄 수 있겠니?"

여유로운 어조와는 달리 괴로워 보이는 얼굴이었다. 잠시 망설이던 아딘이 고개를 끄덕이자, 선장이 미소를 지었다. 선장은 집으로 안내해 달라고 부탁했다. 아딘은 잠시 고민하다 앞장섰다. 선장이 뒤따랐다. 마침내 아딘의 텐트에 다다랐을 때 아딘이 멈춰서서 말했다.

"잠시."

"그래. 이 은혜는 꼭 갚으마."

선장은 그렇게 말하면서 웃었다. 선장은 한동안 아딘과 지냈다. 선장은 말 없는 아이와 머물면서도 자연스레 여러 가지를 알게 되었다. 이곳의 아이들은 자라지 않는다는 것부터, 아이가 크면 어른이 된다는 것조차 모르고 있다는 것까지. 그리고 아딘이 매일 한 아이를 기다린다는 것도. 또 선장은 아딘에게 여러 가지를 알려주었다. 아이는 크면 어른이 된다는 것부터 어른들의 세상이 어떤지에 대한 것까지. 마지막으로 선장은 이 섬에 있는 아이들을 구해주겠노라 약속했다. 아딘은 그게 왜 필요한지 몰랐지만, 고개를 끄덕였다.

"그렇게 된 거구나."

"그런데 너랑 내 방은 거리가 꽤 되잖아. 어떻게 온 거야?"

아딘이 물었다.

"그냥 들렸어."

"어디 있었는데?"

"당연히 방에 있었지."

그 말에 아딘은 무언가 고민하는 듯한 얼굴을 했다. 나는 대수롭지 않게 생각했다. 그래서 쓸데없는 것으로 고민하는 아딘에게 자장가를 불러주기 시작했다. 늘 그랬듯이 아딘은 1절이 끝나기도 전에 잠이 들었다.

양 갈래로 땋은 탐스러운 붉은 머리와 주근깨 있는 하얀 얼굴. 그리고 새싹 같은 눈동자.

'제스, 너는 여전해.'

하이미는 입으로 하얀 연기를 내뿜었다.

*

다음 날 아침 일어났을 때, 눈이 건조해 있었다. 잠을 제대로 자지 못했다. 그럴 만도 한 게 어제, 아니 오늘 새벽 많은 일이 있었던 것이다. 씻고 나오자, 노크 소리가 들렸다. 문을 살짝 여니 에이미가 있었다. 에이미는 오늘부터 어른에 대해 알려주는 선생님이다. 나는 미리 책과 팬을 올려둔 테이블 앞에 앉았다. 그 모습을 말없이 바라보던 에이미는 성큼성큼 방을 오가며 커튼을 걷어 젖히고서 내 앞에 섰다.

"나가요. 어른에 대해 배우는데 책이 무슨 소용이야. 어른을 봐야지."

나는 엉거주춤 일어섰다. 불변섬에서는 먼저 책으로 숲을 배운 후 나가서 실습을 해왔기 때문이다. 밖에서 수업한다는 생각에 겁부터 났다. 그래서 어제 하지 않았던 질문을 던졌다.

"아딘은…?"

"아 그 꼬마 소년? 그 소년이라면 다른 일을 배우고 있어. 너희 둘은 배워야 할 것이 달라서."

나는 우울하게 고개를 끄덕였다. 이럴 때 아딘이 옆에 있어 줬으면! 에이미는 활기차게 방 밖으로 걸어 나갔다. 나는 조금 망설이다 방을 나왔다. 방 밖은 에이미처럼 활기에 가득 찬 사람들만 모여있는 것 같았다. 우렁찬 대화 소리와 고함이 오갔다. 내가 겁을 먹고 어깨를 움츠리자, 에이미가 어깨를 턱하고 잡았다.

"겁먹지 말아요. 저래 봬도 꽤 괜찮은 사람들이니까."

나는 그 말에 반박하지 못하고 고개를 푹 수그렸다. 정말 에이미의 말대로 저들이 괜찮은 사람들이라 하여도 그들은 나를 좋아하지 않는다. 호의 대신 그저 탐색하는 듯한 시선만이 있을 뿐이다. 또 눈물이 날 것 같은 것을 간신히 참아냈다.

배 안이 조용해진 것 같아 슬쩍 고개를 들었다가 다시 수그렸다. 선장이 해적들을 향해 뭐라고 이야기하고 있었다. 귓가에는 윙윙거리는 소리만이 들려올 뿐이었다. 그때 선장과 눈이 마주쳤다. 선장의 얼굴이 굳어있었다. 무슨 안 좋은 일이 있는 듯했다. 책 속 선장처럼 사나운 얼굴은 아니었지만, 어제는 못 느꼈던 두려움이 새삼 밀려왔다. 몸이 부르르 떨리기 시작했다. 아무래도 오늘은 안 좋은 일만 일어날 조짐이었다.

다시 소음이 들려오자, 고개를 들어 주위를 살폈다. 에이미가 사라져 있었다. 배 안에 사람이 많다 보니 엇갈린 듯했다. 완전히 혼자 남겨진 나는 울상이 되었다. 두 손을 앞에 모으고 다시 고개를 수그렸다. 조금 시간이 흐르자, 용기가 생겼다. 고개를 들어 처음으로 자세히 배 안을 둘러보았다.

배는 거대했다. 배의 크기에 비해 사람은 적었지만, 절대 휑하지는 않았다. 여기 사람들의 활기와 연륜. 나는 가지지 못한 것들을 저 사람들은 갖고 있었다. 과시하지 않아도 한눈에 보인다. 그게 정말 부럽다.

'헉' 숨을 들이켰다. 다른 사람을 부러워하는 마음이 들다니, 착한 아이는 그런 생각을 하면 안 되는데…. 거기까지 생각하다가 다시 숨을 내쉬었다. 더 이상 아이가 아닌데 그런 거에 연연할 필요가 있나? 그러고는 또 자책한다. 몸뿐만 아니라 머리까지 어른이 되어버린 나 자신을.

고개를 도리도리 저었다. 이렇게 혼자 깊이 생각하는 것은 안 좋은 습관이라고 헤스가 그랬다. 보이는 배의 풍경에 집중했다. 그러다 어딘가 이상함이 느껴졌다. 배의 풍경은 아이들이 모여있는 것과는 다른 모습이지만 어쩐지 이대로 나쁘지 않다는 생각이 들었다. 어쩌면 어린아이의 마음을 간직한 어른도 있지 않을까?

어른들은 바빴다. 아주 바쁘게 움직였다. 어른들은 아이들을 괴롭히기 위해 바쁘다고 들었는데, 그들은 오히려 지금 나에게 관심이 없다. 어쩌면 책이 틀릴 수도 있구나, 하는 생각이 처음으로 들었다. 저 멀리서 힘겹게 물통들을 나르는 사람을 보고 용기를 내기로 했다.

그 사람에게 가서 물었다. 심장이 콩닥콩닥 뛰었다.

"도와드릴까요?"

"앗, 네. 감사합니다."

그는 자신을 한스라고 소개하면서 물통을 나눠주었다. 꽤 무거웠지만 못 들 정도는 아니었다. 자신은 하나도 힘들었는데 내가 두 개를 번쩍 드는 걸 보고 한스가 감탄했다.

"힘이 엄청나시네요."

할 말이 없어진 나는 실없이 웃었다. 그러자 한스도 따라 웃었다

"이번에 선장님이 새로 들이신 분들 맞으시죠? 아직 어리시다고 들었는데."

"네, 맞아요."

"저도 이래 보여도 올해 성인이 됐습니다. 18살이에요. 아, 이름이 어떻게 되세요?"

"웬디예요."

"예쁜 이름이군요, 웬디."

또 실없이 웃자, 한스가 미소 지었다. 붙임성이 좋은 듯 그는 계속해서 말을 붙였다. 나는 몇 번 더 미소 지었다. 이 대화는 어른과 함께하는 것치고 나쁘지 않았다.

다만 한스가 나이를 물었을 때는 당황했다. 섬에는 나이라는 것이 없다. 그래서 나이라는 게 뭔지는 설명을 듣고서야 알 수 있었다. 배운 적 없으니 모르는 게 당연한데도 무언가를 모른다는 사실이 살짝 부끄러웠다.

한스는 내게 의례적인 인사를 하고는 자기 일을 하러 갔다. 나는 망설이다가 사람들의 일을 도왔다. 모두가 바쁘게 움직이는데 나만 가만히 있는 것은 어딘가 불편해서였다. 불변섬에서는 아이들이 바쁠 일이라곤 없었기 때문에 이런 기분을 느껴보기는 처음이었다.

날이 저물어갈 무렵 에이미가 나타났다.

"오늘 수업은 어땠어?"

"가르쳐주신 것이 없잖아요."

"하지만 더 많은 사람이 가르쳐주지 않았나요?"

에이미의 물음에 입을 다물었다. 불만이 언제 고개를 내밀었었냐는 듯 사르르 녹았다. 나는 결국 초콜릿 분수의 초콜릿처럼 웃으며 고개를 끄덕일 수밖에 없었다.

선장에게 이야기해 줄 것투성이였다. 선장은 이상했다. 어른이라는 이유로 경계심이 드는 동시에, 불가항

력으로 그가 좋아졌다. 왜 아딘이 선장을 도왔는지 이해가 되었다. 선장실에 가자 선장은 당연하다는 듯이 나를 맞이했다. 선장이 물었다.

“오늘은 어땠나?”

“좋았어요.”

진심이었다. 피곤했지만 누군가에게 도움이 되었다는 사실이 즐거웠다.

“도움이 되었어, 웬디. 오늘은 모두에게 좋은 하루가 된 것 같아.”

“제가 도움이 되었어요?”

“그럼.”

선장의 긍정에 나의 얼굴이 환해졌다. 누군가에게 도움이 된다는 것은 이렇게 기분 좋은 일이구나. 고맙다는 인사 한마디가 왜 쿠키보다 더 달콤한지 알 수 없었다. 그걸 아는지 모르는지 선장은 말을 이었다.

“사실 네게 가치를 증명하라 했었지만, 따로 증명할 것도 없이 이미 정답이 있었어.”

“정답이요?”

“너의 존재 그 자체가 가치야. 그걸 잊으면 안 돼, 웬디.”

이 말을 하는 선장의 눈빛이 따뜻하고 목소리는 아주 다정했다. 그만 눈물이 날 것 같았다.

그날도 선장의 꿈속에 들어갔다. 선장은 여전히 울고 있었다. 어른의 꿈은 어려웠다. 아이들의 악몽은 초코 케이크 괴물이 쫓아오거나 유령이 나타나거나 하는 것뿐이었다. 그래서 그저 악몽의 원인이 되는 존재를 해치우면 그만이었다. 그런데 선장의 꿈은 그런 게 아니었다. 악몽의 원인이 되는 것으로 보이는 저 아이를 해치운다고 해결되는 게 아님을 오래 가지 않아 알 수 있었다. 나는 선장이 그 아이를 그리워하고 있다는 것을 알았다. 그래서 이번에는 꿈을 조금 바꿔보았다. 꿈을 바꾸는 데엔 많은 체력과 집중력이 필요했지만, 그래야만 했다. 울고 있는 선장과 잿빛 모래사장이 사라지고, 대신 그 자리에는 불변섬과 유사하지만 다른 장소가 나타났다. 선장은 그곳에서는 울지 않았다. 대신 누군가를, 아마도 그 아이를 찾고 있었다. 나는, 알지 못하는 그 아이의 탈을 썼다. 이 허접한 변장이 먹히리라 믿었다. 꿈속에서는 뭐든 가능하니까.

선장에게 다가갔다. 선장을 뭐라 불러야 할지 몰라

머뭇거리는데 선장이 달려와 나를, 아니 그 아이를 끌어안았다.

"아가…. 어디 갔었던 거니? 엄마가 걱정했잖아."

"…."

"이제 떠나지 마. 절대."

나는 떠나지 않겠다고 대답하려다 멈칫했다. 지금 선장의 곁에는 그 아이가 없었다. 아마도 멀리 떠난 모양이었다.

"떠나야만 해요…. 엄마."

낯선 그 이름을 불렀다. 선장은 늘 강한 사람이었다. 그런데 꿈에서는 아주 연약했다. 선장은 내 말에 무너졌다.

다음날 에이미의 본격적인 수업이 시작되었다. 에이미는 어른을 알기 위해서는 바다와 친해져야 한다고 주장했다. 바다는 내가 나고 자란 숲과는 달랐다. 왜 그런지 모르겠지만 나는 바다에 대한 거부감이 있었다. 바다를 좋아하면서도 동시에 미워했다. 그런데 가까이서 보게 된 바다는 아주 매력적이었다. 에이미는 바다는 위험하고 아무도 바다를 완벽히 알 수는 없다고 말했다. 바다는 겉으로는 밝고 맑아 보였지만 그 속으로 들어갈수록 어두침침했다. 에이미는 그 점이 꼭 사람의 음흉한 속내와 닮았다고 했다. 물론 에이미가 말하는 사람이란 확신하건대, 어른이었다.

바다를 직접 보고 또 느꼈다. 바다는 차가웠고 짠맛이 났다. 바닷속에서 눈 뜨는 게 처음에는 어렵다고 들었는데 이상하게도 나는 눈을 잘 뜰 수 있었다. 신기했다. 에이미도 날마다 더 깊이 더 오래 잠수하는 나를 보며 놀라워했다. 바다는 빛을 받으면 반짝였다. 바다가 푸르러서 하늘이 푸른 건지 하늘이 푸르러서 바다가 푸른 건지 알 수 없었다. 그저 하늘과 바다는 각기 다르게 푸르르면서도 닮아 있었다.

햇빛이 쨍한 날에 바다는 차갑기보다는 시원했다. 하지만 바다에 오래 있으면 몸이 덜덜 떨렸다. 그럴 때면 에이미는 입술이 파래지면 안 된다면서 나를 바다에서 건져내곤 했다. 거울을 보니 정말 입술이 푸르게 변해 있었다. 그게 꼭 바다의 푸름을 닮은 것 같아 좋았지만, 에이미를 걱정시키고 싶지는 않았다.

선장은 내게 매일 불변섬에 관해 은근히 묻곤 했다. 나는 경계가 많이 풀려 있었지만, 이 물음에 답하지 않았다. 불변섬을 떠난 이유는 다른 아이들에게 해를 끼치지 않기 위해서였으니까. 선장이 책에 등장하는 해적처럼 나쁘지 않다는 것을 알았다 해도 섬에 대해 말하기란 꺼려졌다. 내가 답하지 않아도 선장은 화내지 않았다. 제스와는 달랐다. 그저 알겠다고 대답한 후 악몽을 쫓아달라고 말했다. 그런데 선장은, 꿈을 바꾸려면 내가 많은 힘을 써야 한다는 것을 알게 된 다음부터는 그 무엇도 요구하지 않았다. 이상했다. 불변섬에서 아이들은, 내가 꿈을 조종할 수 있다는 것을 알고 나면, 내가 힘들어하건 말건 하나 같이 자신이 원하는 꿈을 말하곤 했었는데 말이다.

어느 날 선장은 앞으로는 저녁에 오지 말라고 했다. 서운함이 느껴졌고, 그렇게 느끼는 내가 이상했다.

그리고 이건 비밀인데 내가 꿈에 개입하지 않으면 선장은 잠을 이루지 못한다. 한 번은 선장이 작게 흐느끼는 소리가 들렸다. 나는 깜짝 놀라 선장실에 살금살금 들어갔다.

"엄마가 미안해…."

선장이 작게 중얼거렸다. 이후 선장은 끙끙 앓을 뿐 어떤 말도 하지 않았다. 나는 한참을 멀뚱히 서 있다가 선장실을 나왔다.

아딘의 방 앞을 기웃거렸다. 한참을 망설이다 작게 노크했다. 늦은 시간이니 아딘이 자고 있을지도 몰랐다. 다행히 벌컥 문이 열리면서 아딘이 나왔다. 아딘은 나를 보면 늘 그래왔듯 활짝 웃었다.

"웬디."

아딘이 걱정스럽게 나를 불렀다. 내 안색이 창백하다고 걱정하며 따뜻한 물을 내어주었다. 사실 그 무엇도 넘기고 싶지 않았지만, 아딘의 다정함이 고마워 꾸역꾸역 물을 마셨다. 그러고서 물었다.

"엄마가 뭐야?"

"응?"

"누군가 되게 간절하게 엄마라는 사람을 불러서, 엄마를 찾아주고 싶어졌어."

아딘이 잠시 침묵했다.

"웬디, 엄마는 누구에게나 있어. 한 사람이 아니야."

"그런데 왜 그들의 이름을 통합해서 엄마라고 부르

는 거야? 똑같은 이름은 헷갈리잖아."

"그건…. 나도 모르겠어."

아딘이 고민하는 듯했다.

아딘의 답을 기다리다가 나는 뒤늦게 든 생각을 아딘에게 말했다.

"근데 우리에게는 엄마가 없잖아. 누구에게나 있다는 말은 틀려."

"아니야, 우리에게도 엄마가 있어."

"하지만 나는 그 사람이 그립지 않아. 누군지도 모르니까."

"어딘가에는 있어. 그리고 누군지 몰라도 엄마는 존재해."

"…."

나는 고개를 도리도리 저었다. 평소 궁금증은 어떻게든 해소해야 했지만, 이번엔 달랐다. 내 성격을 누구보다 잘 아는 아딘이 의아한 표정을 지었다. 나도 내가 왜 이러는지 알 수 없어서 체한 듯 답답했다.

*

"넌 너무 생각이 많아, 웬디."

제스가 말했다. 나는 어깨를 움츠리며 영문도 모른 채 사과했다. 내 사과에도 제스는 화가 풀리지 않는지 한참을 씨근덕거리다가 집을 나섰다. 집을 떠나는 제스를 보자 두려웠다. 다시는 제스가 나를 찾지 않을까 봐.

사실 내게 친구가 많은 이유는 제스가 특별하게 대해줘서였다. 그런데 제스가 오지 않으면 그 많은 친구와 제스를 한꺼번에 잃을까 봐 무서웠다. 장면이 바뀌었다. 하지만 꿈속의 '나'는 그걸 인지하지 못하는 듯했다. 제스가 환히 웃었다.

"엄마."

"응?"

"웬디, 나의 엄마."

제스가 '나'를 끌어안았다. 엄마라는 호칭이 낯설었다. 하지만 그렇다는 걸 딱히 제스에게 이야기하지 못한 채 얌전히 안겼다. 잠깐. 이런 기억이 있었던가? 의문을 가지자 또다시 장면이 바뀌었다.

이번에 나는 악몽을 앓는 제스를 보고 있었다. 누군가, 내가 꿈을 조종할 수 있는 능력이 있다는 것을 제스에게는 숨기라고 했지만, 제스가 괴로워하는 얼굴을 보니 능력을 쓰지 않을 수 없었다. 나는 제스의 손을 잡았다.

가장 먼저 보인 것은 하얗고 작은 옷장이었다. 아이들이 쓸법한 옷장 말이다. 주위를 둘러보다 문득 푸른 눈의 소년과 눈이 마주쳤다. 소년은 나를 보고 살며시 웃었다. 경계를 풀 수밖에 없는 웃음이었다. 나는 소년에게 물었다.

"제스는 어디 있어?"

소년이 손을 들어 올렸다. 손은 옷장을 가리키고 있었다. 나는 소년에게 고맙다고 말한 뒤 옷장 문에 손을 댔다. 하지만 그 순간, 꿈에서 강제로 퇴출당했다. 꿈에서 강제로 쫓겨나면 몸에 무리가 많이 간다. 그래서 고통에 허덕거리고 있는데, 누군가 내 멱살을 잡고서 윽박지르는 것이었다. 평소와는 좀 다르게 들렸지만, 그 목소리는 제스의 것이 분명했다. 그제야 깨달았다. 이건 과거의 기억을 보여주는 꿈임을. 나는 악마처럼 일그러진 제스의 얼굴을 바라보다가, 그만 눈을 감았다.

눈을 떴다. 눈앞 가득 잿빛이었다. 아직도 나는 꿈속에 있었고, 누군가의 손을 잡고 울고 있었다. 내 서러운 울음에도 꼼짝하지 않던 그 사람이 어쩔 수 없다는 듯 나를 돌아봤다. 그러면서 동시에 내 손을 놓아버렸고 그 탓에 나는 서러움을 참지 못하고 더욱 세차게 울어 댔다. 사람들의 시선이 느껴졌지만 참을 수 없었다. 그 사람이 실제로 어떤 얼굴을 하고 있었는지는 눈앞이 뿌예서 제대로 알아볼 수 못했다. 그 사람은 웃음을 띠고 있었던 것 같았다.

"… 아…. 해야지."

그의 목소리가 먹먹한 듯 울렸다. 그런 울림인데도 '나'는 알아듣고는, 코를 먹어가며 보란 듯이 기를 쓰고 울던 것을 딱 멈추었다. 다시 한번 말해달라고 청하고 싶었으나 입을 열 수 없었다. 그 사람은 내가 알아듣든 말든 '나'에게 계속해서 말을 이어갔다. 그 말을 다 듣고 나서야 나는 입을 뗐다. 말하는 것이 나였는지 '나'였는지는 알지 못한 채 그저….

"엄마."

그렇게 읊을 뿐이었다.

눈을 떴다. 손으로 눈가를 두드리자 물기가 묻어났다. 분명 제스의 꿈 이후에 어떤 꿈을 꿨던 것 같은데 그 내용이 기억나지 않았다. 이상한 꿈이었던 모양이다.

선장이 부르지 않아도 나는 매일 선장의 침실에 들렀다.

"안녕하세요?"

"오지 말라니까."

선장은 무뚝뚝하게 말했다. 하지만 무심한 듯 보이는 선장은 내 몫의 코코아까지 준비해 두고 있었다. 선장에게 은근히 물어보니 "다 썩어가는데 먹을 사람이 없으니, 네가 먹어 치워."라고 말했다. 얼른 밤톨에서 토실토실한 왕밤톨이 되라나? 코코아를 마시면서 나는 어른에 대한 의견을 살짝 수정했다. 달콤하고 맛있는 것을 주는 다정한 어른도 있다는 것으로.

최근 꿈에서 만난 제스가 생각났다. 제스는 어른을 참 싫어했다. 제스를 만나게 된다면 이 이야기를 해주고 싶다. 그동안 어른들을 오해하고 있었다고. 이렇게 생각하자 가슴이 기분 좋게 두근거렸다.

세수하고 잠시 기다리니 에이미가 문을 두드렸다. 오늘은 수업이 없는 날이어서 무슨 일일지 궁금했다. 나는 문을 열고 빼꼼 고개를 내밀었다. 내 의아한 기색을 알아차렸는지 에이미가 명쾌하게 말했다.

"목적지에 도착했습니다!"

그 말에 나는 재빨리 창문으로 들여다보고는 곧장 밖으로 뛰어나갔다. 여기저기, 그새 부쩍 친해진 뱃사람들이 내게 인사를 건넸다. 그 인사에 어영부영 화답하며 달렸다. 바람이 머리를 헝클어뜨렸지만, 신경 쓰이지 않았다. 나는 애써 눈을 동그랗게 떴다. 저 멀리 작은 섬이 보였다. 아니, 지금은 작아 보이지만 어쩌면 불변섬보다 클지도 모르는, 말로만 듣던 그 섬이 있었다.

"우리의 고향, 아티스에 온 걸 환영한다, 꼬마."

언제부터 옆에 있었는지 모를 선장이 말했다. 나는 벅차오르는 가슴을 부여잡았다.

2장

아티스에 관한 이야기를 듣고 그곳을 그려본 적이 있다. 아티스는 불변섬과 같은 형상에, 아이들 대신 어른들이 살고 있겠다고 생각했었다. 그런데 실제로 멀리서 바라본 아티스는 불변섬처럼 푸른색이 아닌 회색빛의 섬이었다. 그리고 몇 그루의 나무 대신에 높은 건물들이 있는 곳으로 보였다. 건물들은 단정했다. 하지만 나무만큼 싱그럽고 아름답지는 않았다. 겉보기와는 다른 것도 있다는 걸 알기에 크게 실망하지는 않았다. 어쩌면 나중에 더 실망할지도 모를 일이었다.

높은 건물들을 보니 어른들의 섬에 왔다는 사실이 실감 났다. 하지만 불변섬을 빛나게 하는 것은 섬이 아니라 아이들이었듯이, 아티스를 빛나게 하는 건 아마 저 섬에 사는 사람들이 아닐까 하는 생각이 들었다. 그러면서 내심, 불변섬보다는 초라해 보이는 아티스의 모습에 안심했다.

바쁘게 돌아다니는 사람들을 빤히 바라보았다. 어른들은 나에게 조금의 관심도 없었다. 어쩌다 조금 훑어보고는 다시 바쁘게 가려던 길을 갔을 뿐이다. 나는 마치 이곳에 있어서는 안 될 것 같은 기분을 느꼈다. 그래서 어른들을 피해 구석의 나무 옆에 앉았다. 그러고는 친구가 없는 나무를 위로하듯 쓰다듬었다. 바람이 불자 나뭇가지가 흔들렸다. 그게 마치 내가 보내는 위로에 대한 답처럼 느껴져 절로 미소가 지어졌다.

'야옹.'

소리에 고개를 돌리니 아기 고양이가 있었다. 아이가 놀라지 않도록 손을 천천히 뻗어 조심스럽게 만졌다. 아이는 곧 그르릉 소리를 냈다. 고양이는 무척 말라 있었다. 나는 주위를 두리번거리다 빵집을 발견하고는 주먹을 꼭 쥐었다.

"잠시만 기다려, 야옹아."

나는 가장 맛있어 보이는 빵을 집어 들었다. 그리고 선장에게 배운 대로 값을 지불했다. 그때 빵집 주인이 상냥하게 물었다.

"배가 고프니?"

무언가를 물어보는 어른은 처음이었다. 그 관심에 가슴이 콩닥콩닥 뛰었다.

"아니요."

"어머. 그럼, 왜 빵을 사?"

"야옹이가 배가 고파 보여서요."

내가 긴장하며 답해서인지 주인은 살짝 웃었다. 그녀는 상자에서 작은 생선을 꺼내 주었다. 내가 그걸 받고 멀뚱히 있자, 그녀가 다시 말했다.

"이럴 때는 감사합니다, 라고 하는 거야."

"감사합니다."

"고양이는 빵을 못 먹어. 그런 생선을 줘야 먹을 수 있어."

생선은 첫 꼬마 손님에게 주는 서비스야, 라고 주인이 덧붙였다. 나는 그 말에 볼을 붉히며 고개를 끄덕였다. 그녀가 빵을 안겨주자 다시 한번 더 말했다.

"감사합니다."

주인이 웃었다.

"나는 베티야. 너는 이름이 뭐니?"

"웬디입니다."

고개를 작게 꾸벅 숙이며 답했다.

“예쁜 이름이네. 앞으로 자주 와. 단골 해.”

그 말을 끝으로 베티는 내게 이만 가보라고 손을 휘저었다. 나는 다시 한번 꾸벅 고개를 숙인 후 얼른 고양이에게로 달려갔다. 얼굴이 화끈거렸다.

고양이는 착하게도 그 자리에서 기다리고 있었다. 베티가 준 생선을 내밀자, 고양이는 허겁지겁 생선을 먹어 치웠다. 베티의 말대로, 함께 놓은 빵에는 눈길조차 주지 않았다. 신기해하며 보고 있으니, 고양이가 ‘먕’하고 울었다.

나는 고양이가 먹는 것을 보다가 자리에서 일어섰다. 이만 돌아갈 생각이었다. 그러자 고양이가 ‘먀옹’하고 울며 자리를 빙빙 돌다가 앞으로 왔다 갔다 했다. 꼭, 따라오라고 온몸으로 외치는 것 같았다. 나는 고양이를 따라갔다. 고양이는 번화가를 거쳐서 건물이 몇 개 없는 더 외진 곳으로 들어가고 또 들어갔다. 유령이 나올 것만 같아 슬슬 겁이 났지만 여기까지 따라온 것이 아까워 기를 쓰고 쫓아갔다. 고양이는 호수 앞에서 멈췄다. 고양이가 호수 주변을 빙글빙글 돌았다. 나는 호수를 들여다봤다. 호수 속에는 한동안 보기 싫어 마주하길 피했던 나 자신이 비쳐 보였다. 나는 이제 누가 봐도 불변섬의 아이들과는 달랐다. 팔과 다리는 월등히 길었고 얼굴도 뭐라 말할 수 없게 변해있었다. 어깨에 닿지 않던 머리카락은 이제 어깨에서 찰랑였다. 나는 재빨리 물에 손을 넣어 휘저었다. 이런 모습은 보고 싶지 않았다. 그제야 알았다. 왜 아딘을 마주할 때마다 불편했는지를. 장성한 아딘에게서 성장한 나의 모습이 비쳐 보였기 때문이다.

그때 누군가 손목을 붙잡았다. 손에 서늘한 한기가 맴돌았다. 뒤늦게 뿌리치려고 노력했지만 잘되지 않았다. 그러다 그만 호수에 빠져버렸다. 곧 물이 몸의 모든 구멍을 막아버린 듯 힘들었다. 그때 문득 누군가 내 다른 손목을 붙잡은 것 같았지만, 그 손들을 미처 뿌리치지 못한 채 정신을 잃었다.

숨을 들이켰다. 분명 조금 전까지만 해도 숨을 도저히 쉴 수 없었는데, 물로 다 막힐 줄만 알았던 숨이 조금씩 쉬어지고 있었다. 벌떡 몸을 일으켜 주위를 둘러보았다. 온통 어두컴컴했다. 얼굴을 감싼 부드러운 천이 느껴졌고, 그것을 치우니 빛이 확 밀려 들어왔다. 시야가 가려져 있었던 것이다. 천천히 둘러보니 주위는 온통 반짝이고 있었다. 여러 진주와 조개껍데기로 장식된 공간은 그 자체로도 빛을 내뿜는 듯했다.

그때 대화 소리가 들렸다. 나는 잠시 망설이다, 그 소리가 들리는 곳으로 향했다.

마침내 그들과 벽 하나만을 남겨두었다. 소리에 민감한 편이었지만 잘 들리지는 않았다. 눈을 가늘게 뜨고 귀를 쫑긋거렸다.

"안녕!"

나는 비명을 지를 뻔한 것을 간신히 참고 뒤를 돌았다. 몸이 저절로 긴장되었다.

"그렇게 긴장할 거 없어."

여유로운 목소리가 귀에 닿았다. 말을 건 존재를 바라보았다. 붉은 기가 도는 갈색 머리카락에 푸른 눈을 하고 있었다. 내게 말했다.

"반가워, 꼬마 마녀."

나는 발끈했다.

"난 마녀가 아니야!"

"음. 이야기는 네가 원래 있던 방에서 마저 하자."

그 존재가 뒤돌아 걸었다. 나는 잠시 망설이다 그를 따라갔다. 마녀라는 말에 기분이 상했음에도 어쩐지 따라가야만 할 것 같았다. 방에 들어서자, 그는 방문을 잠갔다. 나도 모르게 두려움이 표정에 드러나 보였는지, 그는 해치지 않는다는 듯 두 손을 들어 보였다.

"나는 보리라고 해. 너는?"

"… 웬디."

"반가워, 웬디."

보리가 싱긋 웃었다. 보리는 제 방인 듯 자연스럽게 내게 앉기를 권했다.

"이곳은 중립의 섬이야. 위는 물의 사람들의 고향이고 아래는 마녀들의 고향이지. 너의 친구가 이야기해주지 않았어?"

"아니, 처음 들어. 잠깐. 그러면 너는 마녀인 거야?"

놀라 묻자 보리는 서서히 고개를 끄덕였다.

"응, 그리고 너도 마녀야."

"나는 마녀가 아니야."

"어떻게 확신해?"

"나는 불변섬의 웬디니까."

내 말에 보리는 잠시 침묵했다.

"비록 어른이 되었지만, 마음만큼은 어린아이들과 다르지 않아. 이건 그 누구도 부정할 수 없어."

보리가 다시 싱긋 웃었다.

"마녀가 되는 조건이 뭔지 알아?"

"…."

"하나의 피, 하나의 간절한 소원, 바다에 대한 원망. 그리고 사랑. 이 네 가지 조건이 갖춰졌을 때 사람은 마녀가 돼."

"나는 피를 가끔 흘려. 그리고 다시 어린아이가 되고 싶다는 간절한 소원이 있지. 하지만 누군가를 원망하거나 사랑…. 한다는 생각은 단 한 번도 든 적 없어. 사랑이 뭔지도 모르고. 이건 정말이야."

"하지만 넌 마녀야."

"난 마녀가 아니야."

보리는 흘러내린 머리카락을 쓸어 넘겼다. 그 모습이 어쩐지 묘한 긴장감을 줬다.

"소리를 남들보다 더 잘 듣지 않아? 악몽을 다룰 수 있고 물이 싫으면서도 그립다는 생각, 하지 않아?"

보리의 물음에 뭐 하나 부인할 수 없었다. 다 맞는 말이었으니까.

보리가 웃었다.

"내가 너를 만나러 온건, 함부로 악몽에 관여하지 말

라는 말을 하기 위해서야."

보리는 내게 붉은 액체가 담긴 손톱만 한 병을 쥐여줬다. 순간 그게 소름이 끼쳤다. 뿌리치려 했음에도 보리는 놓아주지 않았다. 힘이 억셌다.

"너는 무언가를 간절히 바란 마녀야. 이렇게 어린 나이에 마녀가 된다는 건 마녀 중의 마녀라고."

"…."

"나중에 우리가 필요하면 그 피를 이 호수에 뿌려. 널 만나러 갈게."

눈을 떴다. 이상했다. 눈을 감은 기억이 없는데 눈을 뜨다니. 눈을 굴려 주위를 살폈다. 완전히 낯선 곳은 아니었다. 선장의 집이었으니까. 몸을 일으키자, 문이 벌컥 열렸다. 아딘이었다. 아딘은 놀란 표정을 짓고 있었다. 그 얼굴이 어딘가 웃겨 작게 웃었다. 내 웃음소리에, 굳어있던 아딘이 움직였다. 아딘의 표정이 무너져 내렸다.

"4일 만에 눈을 뜬 거야, 웬디."

그 말을 이해하는 데에는 약간의 시간이 필요했다. 4일 만이라니. 기분 나쁜 꿈을 꾸긴 했지만, 찰나에 불과했다. 잠시 멈칫했다. 한 번에 이렇게 생생한 꿈을 꿀 수 있는 건가? 보리라는 사람을 만나는 꿈은 지나치게 생생했다. 내가 혼란스러워하는 와중에 아딘이 말을 이었다.

"걱정했어, 웬디. 너를 잃는 줄 알았어."

"미안해."

나는 반사적으로 사과했다. 아딘이 고개를 끄덕이는 것을 보고는, 더 기다리지 못한 채 물었다.

"그런데, 어떻게 된 거야?"

아딘은 자신이 자는 사이 내가 나갔고 뒤늦게 그것을 알게 되어 밖으로 나가려 했으나 문이 잠겨있어 나가지 못했다는 것이다. 선장에게 그 사실을 알렸고 선장이 어디선가 나를 찾아왔다고 말했다.

"그런데, 아딘. 나는 다른 사람보다 소리를 잘 듣잖아. 또 악몽에 관여할 수도 있고."

"그게 왜?"

잠시 망설이다 입을 열었다.

"내가 꿈을 꿨는데 말이야."

단순한 꿈이 아니었다. 그러기에는 지나치게 생생했다. 그러고 이제 아딘에게는 뭐든 숨기고 싶지 않았다.

"나, 어쩌면 마녀인 거 같아."

뭐라 말하려던 아딘이 입을 다물었다. 꼭 나를 경멸하는 것 같았다. 내가 자리에서 일어나 버리자, 아딘이 다급하게 말했다.

"웬디. 나는 네가 뭐든 상관없어. 정말이야. 네가 원한다면 평생 비밀로 간직할게. 아니, 잊을게."

"…."

"내가 침묵한 건, 사실 어느 정도 짐작하고 있기 때문이었어. 너는 독특했으니까. 그리고 나는 정말…."

"가자. 선장님을 만나고 싶어."

싸늘하게 말하고 앞서나갔다. 아딘이 터덜터덜 뒤따라오고 있었다. 이 와중에 지나치게 선명하게 들리는 귀가 저주스러웠다. 그런데 저주스럽다는 말을 속으로 하면서도 이상할 정도로 아무렇지 않았다. 어차피 나는 어른인 데다 마녀이기 때문일까? 아이들을 괴롭힌다는 어른과 아이들을 잡아먹는다는 마녀가 한 사람일 수도 있을까? 나는 자조했다. 그러다 문득 손에 어떤 단단한 감촉이 들었다. 그것을 들어 올렸다.

"왜 그래, 웬디?"

아딘이 내 눈치를 보며 걱정스럽게 물었다. 나는 아

무것도 아니라는 듯이 고개를 저었다. 손에는 붉은 액체가 담긴 작은 유리병이 들려 있었다. 꿈, 아니 꿈이라 할 수 없는 곳에서 보리가 쥐여주었던 그것 말이다.

문득 처음 섬을 떠날 때 했던 생각을 떠올렸다. 언젠가는 다시 불변섬으로 돌아가 어린 시절 그곳에 남겨두고 온 아름다움을 다시 찾을 거라고. 하지만 이제는 이루어질 수 없는 소망이 되어버렸다. 이렇게 생각하자 울음이 터져 나오려는 것을 간신히 참아냈다.

선장은 내가 깨어나자마자 자신을 찾아올 줄 알았다는 듯이 나를 맞이했다.

"아딘에게 이미 이야기를 들은 모양이구나."

"제가 이야기했어요."

"그래. 아직도 말도 안 된다고 생각하니?"

"제가 마녀라니요. 저는 지금까지 나쁜 짓 하나 한 적이 없어요."

"나쁜 짓을 해야 마녀가 되는 건 아니야, 웬디."

나는 혼란스러운 표정을 지었다. 하지만 분명 책에서 마녀는 몹시 나쁜 존재였다. 어른이나 아이와는 결이 완전히 다른 나쁜 존재 말이다.

"네게 마녀에 대해 말해줘야겠어."

"듣고 싶지 않아요."

"들어줬으면 좋겠구나."

선장이 그렇게까지 말하는데 딱히 무시할 재간이 없었다.

"이 세상이 넓은 만큼 마녀는 아주 많아. 무언가를 간절히 원하며 원망한 사람이 어떻게 너 하나뿐이겠어? 마녀란, 네가 무언가를 간절히 원했고 그 소망이 이루어진 존재임을 뜻해."

"하지만 책에서 마녀는…."

차마 말을 더 이어가지 못하고 내가 울먹거리자, 선장이 '쉬'하고 말했다.

"책의 내용이 다 맞는 것은 아니야. 오히려 왜곡되곤 하지. 마녀에 대해 책에 쓰인 내용들은 대부분, 사람들이 마녀의 능력을 두려워해서 쓴 것들이야. 그러니 안 좋게 쓰였을 수밖에."

나는 이 말에도 응어리가 풀리지 않아 끙끙거렸다. 그러자 선장이 나를 끌어안았다. 선장은 늘 다정했지만, 이런 식의 접촉은 한 적이 없었다. 그 포옹은 따뜻했다. 다른 어린아이들의 온도에 비하면 미지근한 정도

였지만 어째서인지 더 기꺼운 온기였다. 가슴이 간질거렸다. 처음 온기를 느껴보는 사람처럼 어쩔 줄 몰라 했다. 선장은 다 안다는 듯이 등을 토닥였다. 그 생경한 기분에 울음이 터져 나왔다. 불변섬을 떠난 이래 미어지듯 참아내던 울음이었다. 그 어느 때의 울음보다 거셌지만 어째서인지 슬프거나 가슴이 아프지는 않았다. 오히려 시원한 느낌이었다. 그렇게 선장에게 안겨 한참을 울었다.

아딘을 찾아갔다. 아딘은 화내는 기색도 없이 문을 열어주었다. 아딘은 늘 그랬다. 내게 화를 낸 적도 짜증을 부린 적도 없다. 주로 그런 건 내 몫이었다. 이제야 미안한 마음이 들었다. 선장이 그랬듯이 나도 아딘을 꼭 끌어안았다. 아딘의 몸이 경직되었다.

"미안해. 네 잘못도 아닌데 화내서."

아딘이 작게 숨을 내쉬었다. 긴장하던 아딘이 평소보다 낮은 목소리로 말했다.

"괜찮아. 내게 미안해할 필요 없어, 웬디."

그 말이 무슨 뜻인지 모르면서도 나는 아딘을 한참 끌어안고 있었다. 온기를 나눠주려고 그랬는지 온기가 필요해서 그랬는지는, 모른다.

선장에게서 매번 일정량의 용돈을 받았다. 그렇게 받은 용돈의 대부분은 베티의 빵집에 쓰였다. 베티가 만든 빵이 맛있어서이기도 했지만, 빵을 샀다기보다는 빵을 살 때 느낄 수 있는 베티의 온기를 샀다는 표현이 더 적절했다. 선장도 아딘도 에이미도 나를 좋아했지만, 나는 늘 어딘가 부족했다. 좋아하는 마음이란 드러나게 눈에 보이는 것이 아니어서 알아차리기가 쉽지 않다. 알기 어려우면 모르는 채로 살면 되었지만 그러기엔 답답했다. 이런 마음을 아딘에게는 말할 수 없었다. 아딘과는 그 누구보다도 가까웠지만, 가깝기 때문에 하지 못하는 말도 있다는 것을 나는 점점 배워갔다.

이렇게 혼자 간직하기에는 버겁던 마음을 털어놓은 대상은 다름 아닌 베티였다. 베티의 빵집이 닫을 시간까지 기다려 베티에게 쭈뼛쭈뼛 이야기를 꺼냈다. 얼굴이 화끈거렸지만 조금은 시원한 것 같기도 했다.

"네가 살던 섬에는 어린아이들만 있었다고 했지?"

베티에게서 이 말이 나오자 나는 고개를 끄덕였다.

"그래서 그런 거야. 아이들은 원래 어릴 때 애정을 충분히 받아야 하는데 아이들만 있으니까 그러지를 못했던 거지.”

“무슨 말인지 모르겠어요.”

“웬디. 이제 너도 알겠지만, 보통의 아이들은 부모가 주는 사랑을 통해 사랑을 배워. 하지만 너는 배울 사람이 없었지. 혹시 외로움을 느낄 새가 없도록 아이들과 어울려 놀지 않았니? 곁에 아이들이 없으면 외롭지 않았어”

전부 사실이었다. 나는 곁에 사람이 없으면 외로웠다. 애들이 아딘을 꺼린다는 것을 알고 쉽게 다가가지 못했으면서도 아딘을 온전히 놓지 못한 이유도 결국에는 이거였다. 곁에 아무도 남지 않을까 봐.

베티는 고민이 깊어진 내 머리를 부드럽게 쓰다듬었다. 그 따뜻한 온기가 오늘 밤에도 그리워질까 봐 덜컥 겁이 났다.

**

섬에 온 에이미는 내내 들떠있었다. 흥얼거리며 문을 나서는 에이미가 수상하기 짝이 없어서 아딘과 나는 에이미를 몰래 따라나섰다. 발걸음마저 통통 튀던 에이미는 갑자기 멈추어 서서 헛기침을 하고는 앞머리를 가다듬었다. 그다음 다정하게 이름을 부르며 한스에게 다가갔다. 그러고 에이미는 한스와 입을 맞췄다. 나는 봐서는 안 될 장면을 본 것 같은 기분에 재빨리 아딘의 눈을 가리며 내 눈도 가려버렸다. 하지만 은근슬쩍 손 틈으로 그 광경을 엿보았다. 아딘도 어느새 내 손을 치우고선 그들을 보고 있었다. 우리가 멍하니 있는 사이 한스와 에이미는 금세 사라졌다. 나와 아딘은 멍하니, 사라진 에이미와 한스가 있던 자리를 바라보다가 말없이 집으로 걸어갔다.

나중에 에이미에게 묻자, 에이미는 깔깔대며 웃었다. 에이미가 그렇게 웃는 모습은 처음이라 그 모습을 넋 놓고 바라봤다.

"그건, 나랑 한스는 서로 사랑하는 사이라 그래. 그동안 열심히 숨겼는데 이렇게 들켰네."

"그게 뭐예요?"

사랑은 지금까지 여러 대화에 등장했던 단어였다. 늘 궁금했던 단어였다. 에이미는 잠시 고민하는 듯하더니 넌지시 말했다.

"사랑은 특별한 거야. 평범한 사람을 특별하게 만들어. 그리고 한 번에 한 사람과만 할 수 있어."

"영원히요?"

"어쩌면 영원할지도 모르지."

나는 조금도 알아듣지 못했으면서도 알아들었다는 듯이 고개를 끄덕였다. 이런 내 모습이 귀엽다는 듯 에이미가 머리를 쓰다듬어주자 나는 수줍게 웃었다.

선장에게 가서 물었다.

"사랑이 뭐예요?"

"어린아이가 알만한 것이 아니야."

"아아. 알려줘요."

평소의 나답지 않게 말꼬리를 늘리자, 선장이 입꼬리를 씰룩이며 헛기침을 했다.

"아픈 거야. 슬프고 괴롭지만, 누구나 겪기 때문에 가볍게 치부되기 쉽지."

아하, 알아들었다는 듯이 감탄했다. 하지만 조금도 알아듣지 못했다는 것을 잘 아는 선장이 내 머리를 툭툭 눌렀다. 이제는 그게 쓰다듬어 주는 것임을 아는 나는 작게 웃었다.

이번에는 한스에게 가서 물었다.

"사랑이 뭐예요?"

"아름다운 거죠. 밝고 빛나고 환상적인 거예요."

한스가 황홀하다는 듯이 몽롱한 눈빛으로 말했다. 나는 떨떠름하게 고개를 끄덕였다.

또 베티에게도 가서 물었다.

"사랑이란 특별하면서 아름답고 아프다고 해요. 하지만 그게 사랑이란 것을 어떻게 알아요?"

"내가 저번에 이야기하다가 사랑이란 말이 잠깐 나왔었지? 사랑에는 여러 종류가 있어. 하지만 모든 종류의 사랑은 본질적으로는 비슷해. 모든 사랑을 통틀어서 이것이 있어야만, 그야말로 단순히 좋아하는 게 아니라 사랑이라 할 수 있거든."

"그게 뭔데요?"

"열정과 눈물. 이게 있어야 비로소 사랑이라 할 수 있어."

물론, 이건 내 생각이야, 하고 덧붙이며 베티가 찡긋거렸다.

나는 멍하니 걸었다. 사랑이란 무엇일까? 그때 어제 보았던 새끼 고양이가 보였다. 여기저기서 뭐를 잔뜩 주워 먹었는지 그새 마른 기색이 가셔 있었다.

"야옹아, 사랑이란 뭘까."

고양이가 '먕'하고 울었다. 고양이가 비비적거리는 모습에 나는 살짝 웃었다. 그러다 화들짝 놀랐다.

"사랑이란, 고통이지."

누군가의 목소리 때문이었다. 소리가 난 쪽으로 고개를 돌렸다. 제스였다.

"제스!"

제스를 보고 활짝 웃었다. 제스 뒤에는 소년 병사들이 있었다. 웃고 있던 나는 그만 굳어버렸다. 소년 병사들도 제스도 웃고 있지 않았다. 나는 벌떡 일어나 살짝 물러났다. 소년 검사들이 검을 빼 들었다. 전에는 검에 찔리면 아프다는 말을 들었을 뿐 큰 두려움이 없었지만, 이제는 찔리면 아프고 끔찍한 고통을 겪게 된다는 걸 알고 있었다. 나는 주춤주춤 뒤로 물러났다. 내가 물러난 만큼, 제스와 소년 병사들이 다가왔다.

"잡아."

제스의 작은 목소리에 소년 병사들이 움직였다. 나는 곧장 뒤를 돌아 인적이 많은 곳으로 달렸다. 하지만 얼마 못 가 머리채를 잡히고야 말았다. 거미줄에 걸린 나비처럼 버둥거렸으나, 억센 손이 머리를 더 강하게 움켜쥘 뿐이었다. 처음 겪는 고통에 눈물이 찔끔 났다.

"소용없어, 웬디."

"… 제스."

"우리는 비밀이 없는 사이 아니었어? 왜 불변섬을 떠났어? 걱정했잖아."

"…."

"해적에게 불변섬에 대해 말했어?"

"아니야!! 결코 그 어떤 것도 말하지 않았어. 하지만 제스. 어쩌면 어른은 우리가 생각했던 것과 다를지도 몰라. 어른은…!"

"시끄러워."

제스가 굳은 얼굴로 말했다.

"어른은 나빠. 어린아이를 상처 주고 아프게 할 뿐이야. 순수한 아이를 이용하지."

"…."

"어른들은 제멋대로야. 넌 언젠가 해적에게 버림받을

거고, 그러면 내 말뜻이 뭔지 알게 될 거야."

그렇게 단정하는 제스의 눈이 탁했다. 순수한 어린아이의 눈이 아니었다. 누구보다 아이답다고 생각한 제스가 이상해 보였다. 오히려 선장을 비롯한 어른들의 눈이 더 맑은 것 같았다. 나는 말했다.

"겉모습이 어른이라고 아이가 아닌 것이 아니고, 겉모습이 아이라고 해서 어른이 안 된 것이 아니야. 내가 볼 때 제스, 너는 어른 그 이하야."

제스의 얼굴이 일그러졌다. 제스가 손짓하자 검을 빼든 병사가 가까이 다가왔다. 그때였다.

"웬디!!"

아딘의 목소리가 들렸다. 동시에 망토가 내 시야를 가렸다. 아딘 특유의 햇살 냄새가 났다. 인기척이 여럿 느껴졌다. 그중 선장의 인기척도 들렸다. 소년 병사들과 제스가 달려가는 소리도 들렸다. 그 발소리의 거칠고 둔중한 땅울림에 어깨를 움츠리는데 선장의 목소리가 들렸다.

"괜찮니?"

나는 눈물을 꾹 눌러 삼키며 고개를 여러 번 끄덕였다.

잠에서 깼다. 뒤늦게 어제의 일들이 기억났다. 제스를 만났던 일부터 아딘과 선장이 구하려 온 일까지…. 그리워하던 불변섬의 아이들을 만났다. 하지만 이건 내가 그리던 재회가 아니었다. 혼란스러웠다. 자리에서 일어날 힘이 없어 그대로 누워있었다. 눈도 뜨지 않은 채였다. 그때 선장의 목소리가 들렸다.

"제스는 너희를 찾아내 죽이려고 할 거야."

헉, 나도 모르게 숨을 들이켰다. 그로 인해 내가 깨어난 것을 알았음에도 선장은 모르는 척 말했다.

"잘 알지. 누구보다 잘 알아."

"…."

"내 아이가 불변섬의 아이가 되었었거든."

선장의 아이? 아이는 여자 어른이 낳는다고 들었으니, 선장에게 아이가 있는 것도 이상한 일은 아니었다. 그럼에도 어쩐지 말도 안 된다는 생각이 제일 먼저 들었다. 선장의 아이라니, 어울리지 않는 두 단어가 나란히 놓여 있다.

"…."

"제스는 아이들을 납치해서 어른이 되지 않는 불변섬에 가둬. 불변섬에 간 아이들은 달콤함에 취해 그 이

전 기억을 잊어버리고 말이야."

"…."

"나는 제스가 미워, 웬디. 아니. 너의 진짜 이름도 웬디가 아니겠지."

선장은 식은땀에 젖어 이마에 붙은 머리카락을 떼어냈다. 그러고는 다정하게 내 머리를 쓰다듬었다.

"너는 내 딸과 같은 나이야."

"당신의 딸과 저를 겹쳐 보고 있나요?"

"그런지도 모르지."

그 손길은 다정했다. 선장이 방을 나갔다. 나는 선장이 방을 나간 후로도 잔뜩 굳어 움직이지를 못했다.

이제는 안다. 어른 같은 아이가 있듯이 아이 같은 어른도 있다는 것을. 이제는, 어른 같은 어른이 될지 아이 같은 어른이 될지를 결정해야 했다. 전이었다면 더없이 쉬웠을 결정이 이상하리만치 쉽지 않았다. 그게 못내 서러웠다.

보통 때 같으면 아이들 한 명 한 명에게 내 서러움을 이야기했을 것이다. 하지만 이제는 모든 사람에게 이야기하고 싶다는 생각이 들지 않았다. 그저 내 말을 조용히 들어줄 한 사람이면 충분했다. 나는 아딘에게로 갔다. 아딘은 다 안다는 듯이 나를 조심스럽게 끌어안았다. 그러고는 울었다. 아딘이 나를 대신해 울어주고 있었다.

나는 어른이 될 것이다.
이번에는 내가 결정하여 성장할 것이다.
그렇게 생각하니 자라나는 몸이
더 이상 두렵지 않았다.

**

거울을 마주했다. 자라난 나를 오랜만에 응시했다. 나는 달라져 있었다. 얼굴에서 눈이 차지하는 비율이 줄어들어 있었다. 코는 기다랬고 얼굴은 동글동글한 원에서 역삼각형에 가까운 타원이 됐다. 머리카락과 눈빛깔은 이전과 다름없이 검었다. 그 일정한 색은 안정감을 줬다. 내 모습이 꽤 괜찮아 보였다. 더는 이전처럼 귀엽지는 않았다. 그러나 어쩌면 조금은 아름다울지도 모른다는 생각이 들었다.

그 이후 우리는 드물게 한가로운 시간을 보냈다. 물론 여기서 우리에 해당하는 것은 나와 아딘 뿐이다. 어른들은 각자의 일로 바빴다.

얼마 지나지 않아 어른들이 바쁜 이유를 알게 되었다. 어른들 세계는 달랐다. 이곳에는 무엇이든 원하는 것을 만들어주는 만능 공장도 난쟁이도 없었다. 그저 각자의 가치를 증명해 검사받고 그 가치에 어울리는 생활을 해나가야 했다. 나는 궁금했다. 가치를 측정하는 것은 누구인지, 그리고 그 사람의 말이 맞는 것인지. 궁금했지만 의문을 해소할 수는 없었다. 나 역시도 어른이 되기 위해서는 내 가치에 맞는 일을 찾아야만 했으니까. 나는 일거리를 찾아 마을로 나섰다.

호기롭게 나선 것과 달리 마을에서 할 수 있는 일은 몇 개 없었다. 그마저도 돈을 주고 시키는 사람은 없었기 때문에 절망스러웠다. 결국 나는 베티를 찾아가, 돈은 어떻게 하면 벌 수 있냐고 물었다. 베티는 뭘 그런 걸 고민하냐는 듯이 어깨를 으쓱였다.

"그런 걸 고민할 시간에, 다음 주에 있을 축제나 생각해."

그러고 보니 다음 주에는 축제가 있다. 아티스에서

열리는 가장 큰 축제라 기대하던 참이었다. 베티는 자신이 축제에 쓸, 얼마나 멋진 등불을 샀는지 이야기한 후 빵을 주었다. 많이 먹는 게 도와주는 것이라면서. 시무룩해진 나는 집으로 돌아갔다. 선장에게 지금까지 했던 고민과 그 결과를 말했다. 선장은 웃었다.

"마냥 어린애인 줄 알았더니, 다 컸네. 무언가를 돕고 싶거든 공부를 해. 그게 아직 어린 네가 할 수 있는 일이야."

공부는 어려웠다. 말할 줄만 알았지 쓸 줄은 모르던 언어는 물론이고 수학, 경제, 과학까지, 배울 것투성이였다. 또 끈기도 필요한 일이라서 나와는 어지간히 맞지 않았다. 공부를 하면서도 답답했다. 당장 돈을 벌 수 있는 일이 아니었으니까. 이러한 고민을 아딘에게 말했다. 그러자 아딘이 말했다.

"그럼, 네가 악몽을 쫓아주고 돈을 받는 건 어때?"

내가 마녀라는 것을 아는 아딘의 말에 기분이 묘해졌다.

"만약 잘 안되면 어떡해?"

"그럼, 그때 가서 생각하면 되지. 하나의 길이 막히면 또 하나의 길이 열리는 법이니까."

아딘이 어깨를 으쓱였다. 선장에게 허락을 맡은 후 아딘과 함께 포스터를 만들기 시작했다. 가장 멋진 포스터를 만들어서 광장의 게시판에 붙일 생각이었다. 포스터는 주로 손재주가 좋은 아딘이 만들었다. 내가 옆에서 이런저런 의견을 말해주면 아딘이 그림을 그렸다.

"완성!"

나는 완성된 포스터를 뿌듯하게 바라봤다. 내가 그린 것은 아니었지만 기분이 좋았다. 나와 아딘은 곧장 광장으로 달려가 접착제를 바르고 꾹꾹 정성스럽게 눌러가며 포스터를 붙였다. 이제 의뢰가 들어온다면 선장의 집으로 편지가 올 것이다.

처음에는 드문드문 들어오던 의뢰가 며칠이 지나자, 입소문을 탄 것인지 폭발적으로 들어왔다. 밤이 되었다. 아딘과 함께, 오늘 몫의 예약을 한 남자에게 갔다. 그의 이름은 악셀이라고 했다. 악셀은 다정히 웃으며 들어오라고 말했다. 잠이 쉬 들지 못하는 악셀은 약을 먹고서야 잠이 들었다. 곧 악셀은 미간을 구기며 괴로운 신음을 내뱉기 시작했다. 나는 악셀의 손을 잡고 눈을 감았다.

남자의 꿈에는 갓난아이가 나왔다. 이렇게 어린 아기는 처음이라 넋을 놓고 바라보았다. 아기는 우렁차게 울고 있었다. 장소가 바뀌었다. 악셀은 한 소년과, 집처럼 생긴 어떤 공공시설 앞에 서 있었다. 소년이 된 아이는 그곳에 들어가고 싶지 않아 보였다. 그런데도 악셀은 소년을 그곳으로 보냈다. 그러면서 또 무언가를 약속하고 있었다.

악셀은 소년을 지켜봤다. 소년은 자랐다. 자라난 소년을 보다가 나는 문득 그 소년이 불변섬의 아이와 아주 많이 닮았다는 것을 알아채었다.

'찰스.'

그 소년은 불변섬의 찰스와 닮아있었다. 내가 충격을 받든 말든 악셀은 애틋한 눈으로 찰스를 바라봤다. 그제야 상황이 이해되었다. 악셀은 어떤 사정으로 인하여 찰스를 보육원에 보낸 듯했다. 꿈속에서는 솔직해진다는 것을 알기에 나는 남자에게 다가가 물었다.

"왜 아이에게 가지 않나요? 찰, 아니 아이는 당신을 기다리고 있을 텐데."

원래 이름과 불변섬에서의 이름은 다를 수도 있다는

것을 눈치채고 있었기에 급하게 말을 바꿨다.

"아닙니다. 아이는…. 저를 보고 실망할 거예요."

"그렇게 생각하는 이유가 있어요?"

"아이에게 아빠가…. 아빠가, 멋진 자동차를 타고 열 번 굴러도 떨어지지 않을 만큼 넓은 침대가 있는 집을 가지고 난 다음에 데리러 가기로 했거든요."

나는 악셀의 시선을 따라 찰리를 바라봤다. 찰스는 혼자 땅바닥에 주저앉아 울고 있었다. 누가 봐도 슬픈 상황이었지만 나는 그들이 부러웠다. 부모에게 사랑받는 건 어떤 기분일지, 누군가를 그리워하는 건 어떤 느낌일지, 궁금했다. 나도 과거의 잊힌 기억 속에서 저런 것들을 느꼈을까? 어차피 앞으로도 알 수 없을 터였다. 그들을 바라보다, 내 안의 아이가 나도 모르게 외쳤다.

"아이에게 필요한 건, 멋진 자동차도 열 번 굴러도 떨어지지 않을 침대도 아니라, 그냥 아빠, 아빠 그 자체란 말이에요."

악셀을 살짝 밀자, 작은 힘에도 그는 앞으로 밀려 나갔다. 그렇게 해주기를 바랐다는 듯이. 남자는 아이에게 다가갔다. 찰스는 어느 때보다 환하게 웃으며 달려왔다. 아빠! 남자 또한 행복한 웃음을 지었다.

나는 꿈에서 깨어났다. 가슴 어딘가가 허전했다.

"웬디."

아딘이 내 이름을 부르며 손을 잡았다. 웃음이 나왔다. 그래, 나한테 부모는 없지만 그래도 아딘이 있다. 이게 얼마나 큰 축복인지 다시금 실감 났다. 아침잠이 없다는 악셀은 오전이 다 지나고서야 꿈에서 깨어났다. 악셀은 웃으면서 울고 있었다. 곧 잠기운을 덜어내고는 내 손을 잡더니 말했다.

"감사합니다. 정말, 감사합니다."

"저는 한 게 없는걸요."

"저는 늘 후회했습니다. 멋진 아빠가 되어 돌아가려고 했습니다. 설마 아이가 이 못난 아비를 기다리다가 떠나버렸을 줄은 꿈에도 몰랐습니다. 영원히 못 만날 뻔했어요. 감사합니다."

그 말에 나는 볼을 붉혔다. 저야말로 감사합니다, 하고 수줍게 답했다. 그리고 혹시 모른다는 생각에 남자에게 물었다.

"혹시 아이의 이름이 무엇이었나요?"

"찰스. 찰스였습니다."

눈먼 아이 찰스. 그 아이를 떠올리곤 슬며시 미소 지

었다. 그 아이는 불변섬에 가서도 이름을 잊지 않은 모양이었다.

"잘 지내고 있어요, 그 아이는."

"네?"

내가 불변섬에서 왔다는 것도, 찰스가 불변섬에 있다는 것도 짐작하지 못하는 악셀이 되물었다. 나는 아무것도 아니라는 듯이 웃었다. 웃는 와중에 속이 울렁거리며 갈증이 밀려왔다. 줄곧 느껴온 갈망이었다.

어느 순간부터는 돈을 벌기 위해 일하고 있다는 사실을 잊었다. 그만큼 일은 보람찼다. 함께 돈을 세던 아딘에게 말했다.

"나, 이 일이 너무 좋아. 고마워, 아딘."

내 웃음을 본 아딘은 본인이 더 기쁜 듯 환하게 웃었다. 하지만 나는 아딘에게 이야기하지 않았다. 악몽을 쫓을수록 갈증이 밀려온다는 사실을.

선장에게 돈을 건네자, 선장은 다시 돌려주었다. 내가 필요한 순간에 쓰라고 말했다. 나는 돈으로 할 수 있는 것이 무궁무진하다는 것을 알았다. 하지만 정말 중요한 것은 돈으로 살 수 없다는 것도 알았다. 그렇기에 그저 눈을 빛내며 잘 써보겠다고 다짐했다.

사람들이 그들에게 당연해야 할 평온을 얻기 위해 내게 돈을 주었다고 생각하니 가슴이 따끔거렸다. 그렇기에 요만치의 돈도 허투루 쓰지 않으리라고 깊이 다짐했다.

악몽을 쫓으면서, 어쩌면 나는 바다와 가까워지는 중일지도 모른다는 생각이 들었다. 꿈속에 들어가면 들어갈수록 바다를 더 잘 느꼈다. 바다를 그리워했고, 바다에 오랜 시간 몸을 담그고도 부족함을 느꼈다. 바다의 감정이 내게 전해졌다. 바다의 심장 소리를 들었고, 바다의 얼굴을 보았다. 나도 알고 있다. 어쩌면 내가 미쳐가고 있는지도 모른다는 것을.

"너는 어떻게 생각해?"

아딘에게 이 모든 것을 털어놓자, 아딘은 덩달아 진지한 표정을 지었다. 무언가를 고민하는 것 같았다. 나는 자조적으로 말했다.

"너는 내가 미쳤다고 생각하겠지?"

"아니야, 웬디. 그렇지 않아."

아딘이 고개를 저었다. 그리고 덧붙였다.

"내가 고민한 건, 혹시 너에게 어떤 위험이 될지도 모른다는 생각 때문이야. 앞으로는 꿈속에 들어가지 않는 게 좋겠어."

그 말에 고개를 끄덕였다. 하지만 꿈속에조차 들어가지 못한다면 나는 무가치하다. 언제고 내 가치를 증명해야 한다면 나는 다시 악몽 속으로 들어갈 것이다.

아딘이 부드러운 목소리로 물었다.

"바다의 얼굴은 어때?"

"아름다워. 그리고, 슬퍼. 아주 많이."

"그렇구나."

우리는 한참 침묵을 지키다 각자의 방으로 헤어졌다.

마침내 축제의 아침이 밝았다. 가슴이 콩닥거렸다. 참지 못하고 아딘을 깨워 나의 설레임을 털어놓았다. 아딘은 잠이 깨지도 않았으면서 내 이야기에 귀를 잘 기울여주었다. 전에는 그게 당연하다고 생각했지만, 이제는 그런 아딘에게 고마움을 느꼈다.

에이미에게 함께 축제에 가자고 이야기했더니 그녀는 딱 잘라 거절했다. 한스랑 둘이 갈 거라고 했다. 다 함께 즐기면 좋은데 왜 둘만이고 싶은지 궁금했다. 그걸 물어보려던 찰나에 에이미가 말했다.

"그리고 어차피 너는 아딘이랑 갈 거잖아."

"그렇긴 해요."

"아딘이랑 둘만 가고 싶단 생각 안 들어요?"

내가 고개를 갸웃거리자, 에이미는 고개를 절레절레 젓고는 말했다.

"우리 제자님은 참 둔해."

"뭐가요?"

"만일 아딘에게 웬디보다 소중한 존재가 생기면 어떨 것 같아?"

"그럴 일 없어요."

나는 딱 잘라 말했다. 이건 진심이다. 아딘은 처음부터 나를 잘 따랐다. 그리고 지금까지 쌓아온 유대는 헛되지 않다. 나는 그걸 줄줄이 주워섬겼다. 그러자 에이미가 흐흥, 하고 웃었다.

"그런 유대라면 나도 한스보다 선장님과 더 오래라고 할 수 있지. 하지만 선장님에게는 더 소중한 존재가 있고, 나도 한스가 선장님보다 더 소중해. 이건 다른 거야."

그 말에 나는 입을 다물었다. 맞는 말이었다. 나는 아딘을 떠올렸다. 아딘은 아름다운 소년이고 어른이 되어가는 사람이라면 누구나 탐낼만했다. 아딘에게 더 소중한 사람이 생겨 나를 멀리한다고 생각하자 기분이 안 좋아졌다. 마음이 복잡해져 미간을 찌푸리자 에이미가 크게 웃으며 내 어깨를 두드렸다.

"청춘이야, 청춘."

저녁, 나는 아딘과 집을 나섰다. 아딘도 조금 들뜬 기색이었다. 반면 나는 설렘을 설렘답게 즐기지 못하고 있었다. 낮에 에이미가 한 말 때문이었다.

어쨌든, 시간은 흘러갔고, 아딘과 나는 축제를 즐겼다. 아딘은 뛰어난 사격 실력으로 내게 인형을 안겨주었다. 그리고 우리 둘은 녹인 설탕을 바른 과일을 비롯해 온갖 자잘한 음식을 먹었다. 음식을 먹은 사람은 주로 나였다. 아딘은 그저 내게 음식을 계산해 주고 -돈이 어디서 난 것인지는 모르겠지만- 내가 먹는 것을 지켜보았다. 내가 먹으라고 내밀어야 겨우 본인의 몫을 조금 먹곤 했다. 아딘은 먹는 나를 지켜보다, 흘리면 치워주고 목이 말라 보이면 음료를 사다 줬다. 그 다정함에 나는 조금 더 심란해졌다. 이렇게 심란해하며 끙끙 앓기만 하는 건 나답지 않다는 생각에 결국 아딘에게 물었다.

"왜 이렇게 나한테 잘해줘?"

"우리는 친구잖아."

아딘이 당연하다는 듯이 답했다. 나는 뾰족하게 물었다.

"친구 모두한테 이렇게 잘해줄 거야?"

내 말에 아딘이 작게 웃음을 터트렸다. 이 와중에 아딘의 웃음이 예뻐 보여서, 나도 모르게 멈칫했다.

"아니, 너한테만 잘해줄 거야."

"왜?"

"너는 마치…. 내 딸 같아."

딸? 그 말에 나는 어안이 벙벙했다. 아딘이 말을 이어갔다.

"난 임신을 못 하지만, 마치 넌 내가 낳은 거 같아. 머리를 며칠 동안 안 감아도 쓰다듬고 싶어. 그냥 귀여워. 꽃을 주면 그걸 화병에 꽂아놓는 게 귀여워서 자꾸 주고 싶어져. 지금처럼 음식을 흘리고 먹는 것도 귀여워. 그냥 네 존재만으로도 내가 원하는 애정이 충족된다고 해야 하나, 그냥 네 얼굴만 봐도 행복해."

이어지는 말에 나는 입을 다물었다. 음식을 씹고 있던 턱이 멈추어 굳어버렸다. 정작 궁금했었던, 그가 나한테 이성적 감정이 있는 것인가 하는 생각은 들지도 않았다. 그저 내가 이런 애정을 받을만한 가치가 있는지 모르겠다는 생각만이 들고 있었다. 정말 고마웠다. 그렇지만 성격상 살갑게 고맙다고 말하지도 못하고, 자꾸만 뜨거워지는 눈가를 거칠게 쓸어낼 뿐이었다.

어디선가 펑 소리가 들렸다. 깜짝 놀라 어깨를 움츠렸더니, 아딘이 쓰다듬어 주었다. 아딘이 손으로 하늘을 가리켰다. 올려본 하늘에는 아름다운 불꽃이 펼쳐지다 곧 사그라들었다. 어쩌면 난생처음 보는 그 불꽃이 내 욕심에 불을 붙여버렸는지도 모르겠다.

"아딘."

아딘이 나를 돌아보았다. 그 모습이 새삼 아름다웠다.

"앞으로도 다정하게 대해줘."

"응?"

"너랑 사귀고 싶어."

아딘은 울 것처럼 얼굴을 찌푸렸다. 곧 고개를 여러 번 끄덕였다. 그 시간 이후 우리는 연인이 되었다.

축제의 하이라이트는 불꽃이 아닌 등불이었다. 한참 하늘을 밝히던 불꽃이 사그라들자, 사람들은 각자의 등불에 불을 붙였다. 나와 아딘도 내내 들고 다니던 등불에 불을 붙인 뒤 소원을 빌었다.

'좋은 일만 가득하게 해주세요!'

소원을 빌고 나서 아딘을 바라보니 그는 아직 소원을 빌고 있었다. 조금의 시간이 더 흐른 뒤 아딘이 눈을 떴다. 나는 장난스럽게 물었다.

"무슨 소원을 그렇게 정성껏 빌어?"

아딘이 웃으며 고개를 저었다. 비밀이라는 것이다. 등불을 날렸다. 멀리멀리 날아가 하늘에 닿기를 바랐다. 아딘도 나와 같은 마음인지 등불을 바라보고 있었다. 수많은 등불에 우리의 등불이 묻혔다. 그걸 바라보는 우리 마음에 오묘한 바람이 불고 있었다.

시간은 빠르게 흘렀다. 어느새 나는 어른이 되어가는 모습이 아닌 어른의 모습이 되어 있었다. 아딘은 말할 것도 없었다. 아딘과 나는 여전히 연인이었다. 하지만 우리는 연인보다는 친구에 가까웠다. 우리 사이에 사랑이 있는지 나는 알 수 없었다. 애초에 사랑이 뭔지도 모르기에 내가 사랑을 하고 있는지 알 턱이 없는 것이다. 아딘이 나를 사랑하는지도 알 수 없었고 말이다.

어쨌든 나는 바빴다. 하루빨리 선장에게서 독립하기 위해서였다. 선장이 내게 독립을 재촉한 적은 없었지만, 나는 점차 무언가에 쫓기듯 독립을 준비했다. 선장의 집에서는 끊임없이 눈치를 봤다. 누구도 준 적 없는 눈치였다. 이제 어린아이티를 거의 벗은 나는 전보다 할 수 있는 일이 많았다. 하지만 그 일들만으로는 독립에 필요한 돈을 마련하기에 턱없이 부족했다. 더 큰 돈을 한 번에 벌 수 있는 방법이 없을까 생각해 보기도 했다. 그러기 위해서는 더는 하지 않기로 아딘과 약속한, 꿈속에 들어가는 일을 해야 했다. 그 외의 다른 일은 대부분 목숨을 걸어야 했다. 죽음이란, 영원을 살아가던 내게는 미지의 존재이자 막연히 두려운 어떤 것이었다.

하루하루가 짧았다. 하루라는 시간이 나에게만 조금

더 길었으면, 하고 바랐다. 후회하기도 했다. 좀 더 부지런히 공부하지 않은 것을. 공부한 사람들에게는 더 많은 돈을 벌 수 있는 기회가 그러지 않은 사람보다 더 많이 있다는 걸 뒤늦게야 깨달았다.

나와는 달리 아딘은 공부를 제대로 했다. 심지어 잘 해냈고 그 결과, 내가 볼 때는 나보다 더 쉽게 돈을 벌었다. 나는 하루하루 지쳐갔다. 아딘에 대한 열등감과 자기혐오가 늘 나를 감쌌다. 그래서였다.

"우리, 시간을 좀 갖자."

아딘은 내 말을 듣고 한참을 침묵했다. 마침내 그가 입을 떼었다.

"내가 뭘 잘못했어?"

"아니, 내 문제야."

짧게 답하고는 아딘을 지나쳤다. 모든 게 엉망이었다.

다음날 에이미가 찾아왔다. 신나 보이는 얼굴에 걱정스러운 목소리라니, 정말이지 안 어울렸다.

"아딘이랑 싸웠어요?"

"아니에요."

"그럼, 왜 그래.?"

"시간을 갖자고 했거든요, 제가."

내 말에 에이미는 조용히 어깨를 두드렸다. 그러고는 속삭였다.

"이따 일 끝나고 와요."

나는 무겁게 고개를 끄덕였다.

일이 끝난 후 에이미의 집으로 갔다. 문을 두드리자, 에이미가 맞아주었다. 에이미의 집은 아담했지만, 내겐 한껏 부러운 공간이었다. 자리에 앉자 그녀가 묻는다.

"무슨 일이야?"

"그냥 일이 너무 바쁘기도 하고....제가 아딘을 사랑하는지 잘 모르겠어요."

내 말에 에이미는 흐음, 하고 말을 끌었다.

"내 생각에 너는 이미 아딘을 사랑하는 거 같은데?"

"어째서요?"

"아딘이 너 말고 다른 사람과 제일 친밀한 건 싫지?"

"하지만 그건 소유하고 싶은 욕구와 다르지 않잖아요?"

말해놓고는 스스로 불쾌해져 미간을 찌푸렸다.

"그럼 다르게 생각해 봐요. 아딘이 크게 다치면 어떨

것 같아요?"

상상만 해도 가슴이 내려앉았다. 에이미는 말을 못 이어가는 나를 빤히 바라봤다. 답을 요구하는 듯한 모습이었다.

"… 너무 끔찍하죠."

"더 자세히."

"아딘을 다치게 내버려둔 저 자신이 싫을 것 같아요. 만약 저 때문이라면 제가 대신 아파주고 싶고…. 아딘을 그렇게 만든 사람을, 나쁜 행동이지만 똑같이, 아니 그 이상으로 때려주고 싶을 것 같아요."

"베티가 열정과 눈물이야말로 사랑이라고 했죠?"

그걸 어떻게 아나 싶어 바라보자, 에이미가 난처하다는 듯이 웃었다.

"미안, 일기를 봤어요."

"아…."

볼을 붉혔다. 에이미가 말했다.

"그게 바로 열정이에요, 웬디. 눈물이고, 사랑이에요."

여전히 이해되지 않는다는 얼굴을 하고 있자, 에이미가 다정하게 머리를 쓰다듬어주었다.

"너무 후회할 행동은 하지 마."

그 말이 오랫동안 기억에 남았다.

혼자 바닷가로 갔다. 도무지 갈증이 나 참을 수가 없었다. 바다에 발을 담그자 조금은 답답함이 가시는 듯도 했다. 그때였다. 누군가 바닷가에서 걸어 나왔다. 밤중에 나타난 그 존재는 창백했고 머리가 젖어있었다. 그 모습이 기괴했지만 두렵지는 않았다. 나와는 어느 정도 거리가 떨어져 있기도 했다.

"안녕."

"안녕."

인사에 답하자 그 존재가 웃었다.

"왜 이 시간에 이런 바다까지 왔니?"

"… 그냥."

"바다가 그립지 않았어? 갈증이 나거나 말이야."

그 말에 내가 눈을 동그랗게 떴다.

"어떻게 알았어?"

"나도 그랬거든. 내가 그 갈증을 해소해 줄게. 너 지금 되게 괴롭잖아?"

그 말에 홀린 듯이 고개를 끄덕였다. 갑자기 그 존재

가 나를 확 끌어당겼다. 나는 저항 없이 그대로 끌려가 바다에 처박혔다. 고개를 쳐들려고 애썼지만, 위에서 누르는 힘이 워낙 거세었다. 이런 상황이면 숨이 막혀야 할 것 같았지만 이상하게도 숨이 막히지는 않았다. 오히려 그간 답답했던 것이 가시기조차 했다. 이를 깨닫자 열렬히 저항하던 몸에서 힘이 빠졌다. 내가 저항하지 않자, 그는 축 늘어진 나를 바다 더 깊은 곳으로 이끌었다. 밤바다는 어두웠으나, 기이하게도 그 어둠 속의 것들이 잘 구별되어 보였다. 시야가 어둠에 가려지지 않았음을 깨닫자, 어쩐지 이상하고 무서워져 눈을 감았다. 그러자 이번에는 몸 전체가 움직이는 느낌이 선명해졌다.

그 느낌이 멈추었다고 느껴졌을 때 눈을 떴다. 눈앞에는 익숙한 풍경이 펼쳐져 있었다. 언젠가 꿈에서 본 곳이었다. 찬찬히 주위를 둘러봤다. 회색빛 공간. 마른 흙 대신 다른 무언가가 길을 덮고 있었다. 눈을 깜박였다. 다시 눈을 떴을 때는 익숙한 듯 낯선 바다가 보였다. 바다는 잔잔히 내리치고 있었다. 고개를 내리자, 회색빛 길이 보였다. 나는 그 길을 걷고 있었다. 무언가를 기다리는 듯했다. 꿈속의 '나'가 말했다.

"엄마…."

입에서 하얀 김이 뿜어져 나왔고 하늘에선 하얀색 가루가 내려왔다. 마치 민들레 씨앗 같아 보이기도 했지만, 차가웠다. 나는 이게 꿈이라 여겼지만, 이 하얀 가루의 촉감이 생생했다. 꿈이 이렇게 생생할 수도 있을까? 멍하니 생각했다. 그러고 보니 이 장소는 어딘지 익숙한 한편, 묘한 거부감 또한 들었다. 이 모든 감정이 단순히 꿈속에서 느낄 수 있는 것일까?

"아니야."

이건 꿈이 아니야. 뒤늦게 깨달았다. 이건 내 기억이다. 이 사실을 깨닫자 여러 가지 상념이 떠올랐다.

바다에 대한 두려움, 원망, 그리움, 그리고 사랑. 이건 한 사람이 내게 느끼게 만든 감정들이다. 그 사람은 내 곁을 언제까지고 지키겠다고 약속해 놓고는 나를 떠나 바다로 가버렸다. 그 사람을 어떻게 불러야 하는지도 알고 있다.

"엄마."

엄마. 다시 한번 불러본다. 들어줄 사람은 이미 이 세상에 없지만 그럼에도 계속 부르면 혹여 닿을까, 계속해서 부른다. 언젠가 나도 모르게 누군가로부터 뒤통

수를 한 번 세게 맞았던 것만 같다. 그러지 않고서야 그 사람을 이렇게까지 잊었을 리 없다. 시간이 흘러 야속하게 흐릿해질지언정 이렇게 완전히 잊어서는 안 됐다. 나는 흐느꼈다.

기억이 돌아왔다. 불변섬에 오기 전 나는 엄마와 둘이 살았다. 땅끝 마을에서. 엄마는 돈을 벌기 위해 바다로 떠났고 끝내 돌아오지 못했다. 그러다 나는 가출한 아이, 아딘을 만났고 함께 살았다. 그러다 우리는 제스를 만나 다 같이 향했다. 작은 옷장 속 불변섬으로.

그제야 내가 언제 마녀가 되었는지 떠올랐다. 엄마가 돌아오지 않는다는 것을 깨달았을 때 마녀가 될 조건이 갖춰진 것이다. 바다에 대한 원망과 엄마를 살리고 싶다는 간절한 소원과 그리고 엄마를 향한 진실한 사랑. 나는 그렇게 마녀가 되었다. 이 사실을 깨닫자 나는 꿈이라고도 그렇다고 현실이라고도 할 수 없는 그곳을 벗어날 수 있었다.

정신을 차렸을 때 나는 선장의 집에 누워있었다.

**

깨어나고 나서 스스로 확인한 것이 몇 가지 있다. 첫 번째, 내가 아딘을 사랑한다는 것. 엄마가 내게 주던 것이 사랑이라면, 누군가를 대신하여 아파주고 싶고 그를 보는 것만으로도 마음이 채워지는 그것을 사랑이라 부른다면, 나도 아딘을 사랑하는 것이다. 그리고 아딘 또한 나를 사랑하는 것이겠지. 또 다른 한 가지, 불변섬은 내 고향이 아니라는 것.

아딘의 방문 앞으로 갔다. 그리고 망설였다. 내가 아딘을 사랑한다는 것을 깨닫자, 아딘에게 너무 힘든 짓을 저질렀음을 알게 되어서였다. 이대로 도망치고 싶었지만, 도망은 나를 위한 일도 무엇보다 아딘을 위한 일도 아니라는 것 정도는 알았다. 숨을 한번 들이켜고 노크를 하자 문이 벌컥 열렸다.

"언제 들어오려나 했어."

아딘이 희미하게 웃으며 말했다. 나는 평소처럼 실없이 웃으려다 말았다. 아딘이 안내하는 자리에 앉기도 전에 나는 눈을 꼭 감고 말했다.

"미안해."

슬쩍 눈을 뜨자, 아딘은 표정 없이 나를 보고 있었다. 화가 난 걸까? 물론 그렇다고 해도 할 말은 없다. 내 잘못이 맞으니까.

"뭐가 미안하다는 거야, 웬디?"

"그냥…. 다 미안해. 시간을 갖자고 한 것도, 너를 좋아한다는 것을 뒤늦게 깨달은 것도."

내 말에 아딘이 눈을 동그랗게 뜨더니 곧 표정을 일그러뜨렸다. 아딘이 흐느꼈다. 내가 너무 당황해 어쩔 줄 모르자, 아딘이 나직이 말했다.

"좋아서 우는 거야. 네가 나 좋다고 하니까."

"…."

"나도 좋아해, 웬디."

나는 활짝 웃는다. 하지만 마구 흘러내리는 눈물은 어쩔 수 없다.

아딘과 많은 대화를 나눴다. 아딘에게 혼란이 될 수도 있지만 숨기고 싶지 않았다.

"우리의 고향은 불변섬이 아니야. 그리고 그거 알아, 아딘? 불변섬에 오기 전에도 우리는 함께였어."

내 말에 아딘이 희미하게 웃었다.

"이제 기억난 거야?"

"뭐?"

너무 당황한 나머지 나의 말은, 초콜릿을 앞에 둔 아이처럼 앞서나갔다. 나는 곧 목소리가 너무 컸음을 깨닫고 소리를 죽여 속삭였다.

"너도 알고 있었던 거야?"

"당연하지. 단 한 장면도 잊은 적 없다고 하면 거짓말이겠지만, 나는 이곳에 오기 전의 순간순간들을 기억하고 있어."

"왜 말하지 않았어?"

또 원망 섞인 말이 튀어 나갔다. 하지만 나는 곧 아딘이 왜 말하지 않았는지를 이해했다. 말해도 내가 믿지 않았을 것이다. 아딘이 불변섬에 있을 때 이상한 말을 한 뒤로는 나도 눈치를 보며 그를 멀리하지 않았던가. 하지만 아딘은 친절히도, 나의 그런 모순 깃든 이기심을 탓하지 않았다.

"네가 기억해 줘서 기뻐, 웬디."

아딘이 그로서는 드물게도 활짝 웃었다. 그 웃음에 눈물이 날 것 같았다.

아딘과 대화를 나눈 후 선장을 찾아갔다. 선장에게 조심스레 이야기를 꺼냈다.

“저번에 무엇이든 답해 주신다고….”

“응, 맞아. 내가 알고 있는 한 숨김없이 대답해 줄게.”

선장이 걱정하지 말라는 듯 가슴을 텅텅 쳤다. 나는 돌직구로 물었다.

“저희는 어디서 온 누구인가요?”

선장 입가의 미소가 짙어졌다. 선장이 말했다.

“그래, 언젠가 네가 물을 줄 알았지.”

나는 아무 말 없이 선장의 다음 말이 이어지기를 기다렸다. 선장은 큼큼 목을 가다듬더니 말했다.

“너는 옷장 너머에서 온 아이야. 나 또한 그렇고 우리 모두 그렇지. 내가 말했던가? 나도 불변섬 출신이라고.”

“네? 하지만 선장님은 어른이시잖아요.”

“그러는 너도 어른이잖니.”

내 입이 다물어졌다.

“우리는 모두 옷장 너머의 사람이란다. 옷장 밖에 우리의 진짜 삶이 있지.”

“그렇다면 어떻게 해야 옷장 너머로 나갈 수 있나

요?"

"방법은 제스만이 알고 있어."

선장이 말했다.

"이곳 아티스는 불변섬의 '실패작'들이 모여 사는 곳이야."

"실패작이요?"

"어린아이에 머물지 못하고 어른이 된 실패작 말이야. 너도 해당하는 이야기고."

"왜 어른이 되는 거예요?"

"옷장 밖에서는 어린아이가 어른이 되는 것은 당연한 일이야. 이곳에서 어린아이가 어른이 되는 이유는 간단해. 너에게 때가 왔기 때문이야."

"때요? 어떤 때요?"

"불변섬의 아이들도 언젠가는 어른이 돼. 불변섬에 오기 이전의 기억이 떠오르려고 한다면. 이게 내가 내린, 어른이 되는 이유에 대한 결론이야. 진짜인지는 확실하지 않지만, 그럴 것이라고 확신하고 있어."

고개를 끄덕였다. 너무 많은 것을 알게 되어 정신이 없었다. 하지만 전부 수긍하기에는 무언가 이상했다.

"내 말이 맞다고 하기엔 아티스에 사람이 너무 적다

는 생각을 했니?"

"네."

"네 말이 맞아. 어른이 되었는데도 불변섬을 떠나지 않은 사람들은 다 죽었어. 제스에 의해서. 그게 아티스에 사람이 적은 이유이자 내가 제스를 싫어하는 결정적인 이유야."

나는 입을 쩍 하니 벌렸다. 충격이 아닌 사실이 없었다.

"그래서 우리 해적은 제스로부터 아이들을 훔치는 일을 하고 있어. 너희도 우리가 훔쳤고 말이야."

선장이 장난스럽게 얼굴을 찡그렸다. 선장이 물었다.

"이제 충분히 쉬었다면, 새로운 아이들을 구할 준비가 됐니?"

나는 입을 꾹 다물고 고개를 두 번 끄덕였다.

아딘에게 이 사실을 말했지만, 그는 그다지 놀라지 않았다.

"알고 있었다고?"

"단 한 순간도 잊은 적 없으니까. 그때 너에게 말하지 못했지만, 사실 선장이 내게 여러 가지 이야기를 해줬

었거든."

나는 이 말을 이해했다. 그때 이야기해 주지 않은 것은 잘한 선택이었다. 그때 들었더라면 아딘의 말을 믿기는커녕 화를 냈을 것이 뻔하다.

"혼자 힘들었겠다."

혼자 끙끙거렸을 아딘을 생각하니 마음이 짠했다. 아딘은 아니라고 고개를 젓는 대신, 나를 끌어안았다. 나는 놀라지 않았다. 나도 아딘을 끌어안았다. 아딘의 심장 고동이 들리고 따뜻한 온기가 느껴졌다. 아딘을 사랑한다는 사실을 알기 전에도 틈만 나면 그의 심장 고동 소리를 들으려 애를 썼었다. 내가 아딘을 사랑하는지는 모르면서도, 아딘이 나를 사랑한다는 것을 확인하고 싶어서였나보다. 아딘은 그것을 다 알면서도 나를 포용해 줬다. 그게 못내 미안하고 또 고마웠다.

섬을 떠나기 전, 간신히 아딘을 떼어놓고 호숫가로 향했다. 호숫가에는 나를 이곳으로 안내했던 고양이가 있었다.

"너도 평범한 고양이는 아닐 거야. 그렇지?"

고양이는 대답 없이, 한 발로 얼굴을 문질러 세수했

다. 나는 살짝 웃으며 호숫가에 앉았다. 가까이 가니 물에 얼굴이 비쳤다. 시원시원한 이목구비와 하얀 피부가 보였다.

가져온 피를 호숫가에 뿌렸다. 몇 방울 안 되는 피가 물가에 서서히 번져나가다가 이내 흐릿해졌다. 그때 물 속에서 손이 튀어 올랐다. 나는 비명을 지르며 물러났다. 난데없는 웃음소리에 감았던 눈을 떴다.

"나야, 보리."

눈앞에는 정말 보리가 있었다. 나는 소리쳤다.

"놀랐잖아요!"

"하하, 그렇게까지 놀랄 줄은 몰랐네. 하지만 너무한데? 네가 불러서 왔는데 이렇게 질색하다니."

나는 머쓱하게 웃었다. 내가 사과하자 보리는 괜찮다는 듯이 웃었다.

주위를 둘러보자 보리가 이리 오라는 듯 손짓했다. 조금 망설이다 그 손짓을 따라 호수에 뛰어들었다. 눈을 뜨니 빛나는 물고기들이 길을 만든 것처럼 이어져 있었다. 보리는 저 앞에서 헤엄쳐가고 있었다. 나는 보리를, 물고기들을 따라 앞으로 나아갔다.

얼마나 그렇게 나아갔을까. 그때 보았던, 꿈이라 생

각했던 공간이 보였다. 그곳은 전처럼 휑하지 않았다. 여자들이 와르르 몰려들어 있었다. 공기 방울들이 맴돌고 있었다. 내가 의아한 시선을 던지자, 보리가 말했다.

"모두 마녀들이야."

"아…."

"배척받는 세계에 온 걸 환영해."

이 말에 웃을 수 없었다.

"내가 마녀라는 것을 알게 하고 이곳으로 오게 한 이유가 뭐예요?"

"본인이 마녀인 줄 모른 채 사냥당할 수도 있으니까. 우리는 마녀가 된 이들을 알아볼 수 있어. 그들이 자각하지 못했다면 자각하게 만들어서 온전한 마녀로 각성시켜. 그래야 도망갈 수 있으니까."

"누구로부터요?"

"마녀가 아닌 모든 사람으로부터. 모두를 의심해, 꼬마 마녀. 이 세상에 마녀의 편을 들어줄 사람은 없어."

"제가 마녀라는 것과 상관없이 좋아해 주겠다고 약속한 사람이 있어요."

"저런, 순진하기는. 그들이 언제 배신할 줄 아니?"

"배신하지 않을 거예요, 그들은."

"글쎄. 모를 일이야. 하지만 사람은 언젠가 변해."

말이 통하지 않는다는 것을 깨닫고서는 항변하기를 멈췄다. 아니다. 아딘은 내가 마녀인 것과 상관없이 좋아한다고 말했다. 처음과 달리 이제는 아딘을 온전히 믿는다. 선장과 에이미도 신뢰한다. 어쩌면 보리의 주위에는 그런 사람이 없었을지도 모른다.

"너를 기다리는 마녀가 있어."

나를 기다리는 마녀? 의아하게 바라보니 보리가 나를 앞으로 이끌었다. 나는 보리를 따라 앞으로 나아가다 깜짝 놀랐다.

"엄마?"

있을 수가 없는 사람이 그 자리에 있었다. 처음에는 잘못 본 건가 싶었지만, 턱까지 간신히 내려와 닿는 짧고 검은 머리카락과 세상 온갖 것을 모아놓은 것 같은 눈, 하얀 피부까지, 영락없는 엄마였다. 내가 차마 다가가지 못하고 서 있자, 그 사람, 아니 엄마가 내게로 다가왔다. 엄마가 다가오는 만큼 물러서지도, 차마 내 편에서 다가가지도 못한 채 우두커니 서 있었다. 엄마가 나를 끌어안았다. 그 서늘한 온기에 눈물이 솟았다.

"은하야."

이 한마디에 서럽게 울었다. 맞아, 나는 은하였지. 자랑스러운 엄마의 딸이었지. 그걸 잊었었다는 게 미안했다. 그 와중에 어떻게 엄마가 존재하는지, 어떻게 살아 있었던 건지, 살아 있었다면 왜 나를 찾아오지 않았는지, 모든 게 궁금했다. 하지만, 이 모든 걸 묻기보다는 현재에 집중하기로 했다. 바로 눈앞에 엄마가 존재하는 이 현재에 말이다.

"배가 뒤집히면서 사람들과 함께 바다에 빠졌지. 숨을 쉴 수 없었어. 아마 그때 기적이 일어난 걸 거야. 이곳에 와서야 알았지. 내가 어떻게 마녀가 된 것인지는. 아마 그사이에 세 가지 조건이 갖춰졌던 것 같아. 엄마의 소원은 네가 살아가는 것이었어. 사랑 또한 너에 대한 사랑이었지. 그리고 부끄럽게도 엄마는 바다를 원망했단다. 끝내 욕심껏 나를 잡아먹는 바다를 말이야."

"…."

"아가, 너는 어떻게 마녀가 되었니?"

"엄마를 사랑했고, 엄마가 살아 돌아오기를 바랐고, 엄마를 데려간 바다를 원망했어."

"저런. 내가 너를 마녀로 만들었구나!"

엄마가 장난스럽게 말했다. 나는 희미하게 웃었다. 엄마를 원망하지 않는다. 다만 엄마와 함께할 수 있기를 바랄 뿐이다.

3장

마침내 나는 선장에게 불변섬에 대해 아는 모든 사실을 알렸다. 하지만 그 정보로는 모자랐다. 나는 내 무력감과 마주했다. 나는 남들보다 힘이 겨우 조금 셀 뿐이다. 아직 산전수전을 겪지 못한 어린아이와도 같은 존재. 한때는 자랑스럽기만 하던 사실이 이제는 자괴감을 줄 줄은 몰랐다. 그런 내게 아딘이 말했다.

"활을 배워보지 않을래?"

아딘의 말에 고개를 들었다. 약간의 두려움과 기대를 담고 물었다.

"어떻게?"

"내가 가르쳐줄게. 부족한 실력이지만 최선을 다해볼 수 있어."

나는 그저 고개를 끄덕여 보였다.

다음날부터 아딘의 교습이 시작되었다. 그는 평소에

는 다정했지만 무언가를 가르칠 때는 엄격했다. 덕분에 이리 구르고 저리 구르며 활이란 것에 대해 알아갈 수 있었다. 타고난 힘이 센 탓인지 활을 당기는 것은 그리 어렵지 않았다. 조준하고 맞추는 데엔 애를 먹었지만 말이다.

틈틈이 엄마를 찾아갔다. 엄마에게 밖으로 나오라고 여러 번 권하였다. 하지만 엄마는 나가기를 꺼렸다. 사실 엄마처럼 나도 긴장되긴 마찬가지였다. 세상 어느 누가 마녀를 좋아하겠는가?

어느덧 결전의 날이 왔다. 오랜만에 배에 올라탔다. 혹시 모를 상황에 대비해 아티스의 해적들과 마녀들은 각기 많은 배에 나눠어 탔다. 나는 여전히 두려웠다. 아름다워 보였던 아티스를 망칠까 봐 무섭고 아이들의 시선도 두렵다. 하지만 그것보다 더 두려운 것은, 더 많은 아이가 어른이 되어 보지도 못한 채 죽음이라는 배에 올라타는 것이다.

제스는 어떻게 되는 걸까? 그가 많은 어른을 죽였다는 것을 알면서도 걱정되었다. 제스는 적어도 어린아이에게만큼은 다정한 친구였다. 그건 부정할 수 없는 사실이다. 아딘은 이런 내 모습에 실망하지 않고 나를 위로해 주었다. 그 다정함이 고마웠다.

불변섬으로 들어가기란 어렵지 않았다. 하지만 그다음부터가 문제였다. 수많은 아이가 우리를 공격했다. 그들은 어른들을 죽이는 데엔 거리낌이 없었지만 우리는 달랐다. 우리는 아이들을, 사람을 죽여서는 안 된다는 교육을 받았다. 물론 여기서 우리에 해당하는 것은 나와 아딘뿐일지도 모른다.

우리의 계획은 이렇다. 내가 제스를 꿈속에 가둔다. 그동안 아딘과 선장이 아이들에게 가서 사정을 설명한다. 아이들을 현실로 데리고 나가지는 못하더라도 우선은 아티스로 데리고 간다. 여기까지 하면 성공인 셈이다.

나는 제스가 있는 곳으로 숨어들었다. 제스가 있는 곳까지 가는 통로엔 소년 병사들이 있었지만, 그들을 제압하는 데는 큰 무리가 없었다. 미리 준비해 온 밧줄로 소년 병사들을 야무지게 묶어준 후 제스의 방으로 향했다. 제스는 잠들어 있었다. 제스의 부드러운 갈색 머리카락을 잠시 바라보다 머리에 손을 얹었다. 그렇게 그의 잠 속으로 빠져들었다.

제스의 꿈속 배경은 단출했다. 작은 방이 전부였으니 더 말할 것도 없었다. 작은 방안, 제스는 어느 남자아이와 웃고 있었다. 제스가 그렇게까지 환하게 웃는 것을 본 적이 없었다. 남자아이는 불변섬에서 한 번도 본 적이 없는 아이였다. 하지만 어딘가 낯이 익었다. 저번에 제스의 꿈속에서 본 바로 그 아이였다. 제스는 그 아이와 행복해 보였다.

'그런데 왜 이렇게 슬프고 아슬아슬한 기분이 드는 걸까?'

어쩌면 겉으로 보이는 게 다가 아닐지도 몰랐다. 나는 그 풍경 가까이 다가갔다가 주춤 물러섰다. 제스와 눈이 마주쳤다.

"네가 왜 여기에 있지?"

놀랍도록 싸늘한 음성이었다. 꿈에서 깨려는 것이 느껴졌다. 나는 현실에서 코피가 날 정도로 무리해서 제스를 잡았다. 꿈에서 깨지 않자 당황한 눈치였다.

"네 이야기가 듣고 싶어."

"어른의 수족에게 할 말 없어."

"저 아이는 너와 생각이 다른 것 같은데."

제스가 뒤를 돌아봤다. 어느새 아이는 우리를 보고 있었다. 그 아이의 눈이 흐릿하지 않고 선명해서 나는 조금 의아했다. 단순한 꿈속 인물이 저런 눈을 할 수 있나?

"뭘 원해?"

아이가 물었다. 그런데 목소리는 아이가 아닌 늙은이의 것이었다. 제스가 울 것 같은 얼굴로 아이를 바라봤다. 나는 말했다.

"친구들이랑 같이, 어른이 되고 싶어."

아이가 웃었다. 그러고는 내 머리를 쓰다듬었다. 머리를 쓰다듬는 손이 선장의 손보다 거칠었다.

"이루어질 거야."

"제임스!"

제스가 외쳤다.

"그게 무슨 말도 안 되는 말이야!"

"제스, 너는 이미 이곳에 올 때가 되었었어. 안 그래?"

아이의 말이 무슨 뜻인지 알아듣지 못하고 갸웃하는데, 아이가 나를 똑바로 바라보았다.

"살아가는 아이는 이제 일어날 시간이야."

그 말에 정신이 번쩍 들었다. 내가 눈을 떴을 때는 모든 게 끝나 있었다.

제스의 눈꺼풀은 떠지지 않았다. 제스는 어쩌면 영원히 잠든 것 같았다. 본질적으로 죽음과 같으면서도 죽음과는 또 다른 무언가에 빠진 것이다.

"제스."

나는 오늘도 제스를 불렀다. 그가 일어나길 바라서 부르는 건지 아니면 그가 일어날 수 없다는 것을 확인하고 싶어서 부르는지는 알 수 없었다. 불변섬의 아이들은 거세게 출렁였다. 제스가 잠에 빠지자, 다들 서서히 기억이 돌아왔다. 기억을 찾은 아이들의 반응은 제각각이었다. 평화를 깬 우리를 원망하기도 했고, 고마워하기도 했고, 어떤 아이들은 울기도 했다.

여전히 우리는 밖으로 나가는 방법을 찾지 못했다. 어쩌면 그게 다행인지도 모른다. 나는 불변섬에 오기 전 세상이 고아에게 얼마나 고되었는지 기억한다. 이것만은 확실했다. 우리가 그곳으로 돌아가 봐야 기다려줄 사람도, 환영해 줄 사람도 없었다.

아이들은 둘로 나뉘었다. 어른들이 있는 아티스에 가겠다는 아이와 어른들을 피해 불변섬에 남겠다는 아이. 찰스는 불변섬에 남겠다는 쪽이었다.

찰스에게 악셀의 이야기를 해주었다. 그러나 찰스는 아티스에 가지 않겠다고 했다. 그가 어른을 미워하는 선두 주자였던 것을 생각하면 놀라운 결정도 아니었다. 우리는 그 두 편을 모두 존중했다.

나는 아이들이 걱정되었다. 아이들이 겉으로는 쉽게 어른이 될 수 있을지도 모른다. 하지만 내면까지 어른이 되기는 힘들 것이다.

겉만 어른이 되었지, 속은 여전히 어린 애인 채로 남는 아이들도 많을지 모른다. 하지만 나는 그들이 크게 염려되지는 않았다. 어찌 되었든 각자의 길을 멋지게 나아갈 것이라 믿어주었다.

무엇보다 내게는 변함없이 내 이름을 불러주는 이가 있다. 나 또한 다짐했다. 나 또한 변함없이 너를 바라보겠다고.

하지만 이런 다짐이 잘 안되는 경우도 있었다. 한스

와 에이미. 그들은 헤어졌다. 누구의 잘잘못을 가릴 수 없는 둘만의 문제라고 했다. 그렇게 서로 사랑했어도 어쩔 수 없는 이별이라니, 나라면 감당할 수 있을까? 그들을 보며 한동안 얼마나 마음 졸였는지 모른다. 하지만 얼마 지나지 않아, 일어나지도 않은 헤어짐을 지레 두려워하지는 않기로 했다.

헤어짐을 두려워하기엔 사랑이란 너무나도 빛나니까. 가슴을 졸이던 나는 문득 깨달았다. 사랑은 상대로 인해 빛나는 것이 아니라 본인 스스로 빛날 줄 알 때 비로소 이루어지는 것임을.

***

"여긴 또 무슨 방이야?"

방에 들어선 아이가 중얼거렸다. 방은 아담했다. 작은 옷장, 침대, 책장뿐인 작은 방. 햇살이 잘 들어 방이 어둡지 않아서 다행이었다. 아이는 아래를 내려다봤다. 잠옷을 입은 자신의 몸이 보였다.

"꿈인가?"

그때 뒤에서 누군가 속삭였다.

"옷장 문을 열어."

아이는 화들짝 놀라 뒤돌았다. 뒤돌아보니 자신보다 조금 더 작은 아이가 가볍게 웃고 있었다. 작은 아이가 작게 말했다.

"죽음으로 잘못 들어왔나 보네."

"뭐라고?"

"아무것도 아니야."

아이가 찜찜한 표정으로 고개를 끄덕였다. 작은 아이가 말했다.

"그것보다 옷장 문을 열어봐."

"왜?"

"열면 네가 찾던 도서관이 나올 거야."

"응? 내가 무슨 도서관을 찾아?"

작은 아이의 웃음이 짙어졌다.

"꿈속 도서관. 그곳으로 가야지. 네가 가야 할 곳이잖아."

"그곳에 왜 가야 해?"

"그곳은 산 사람들의 꿈속 세계니까."

아이는 무슨 말인지 이해하지 못했다. 그럼에도 작은

아이의 말은 묘하게 힘이 있었다. 아이는 홀린 듯이 옷장 문을 열었다. 옷장 문 뒤에는 정말로 도서관이 있었다.

"어서 가봐."

"잠시만."

자꾸만 보내려는 작은 아이에게 단호히 말했다. 꽤 단호했는지 작은 아이가 눈을 조금 크게 떴다. 아이가 물었다.

"이름이 뭐야?"

그 말에 작은 아이는 실없다는 듯이 웃었다. 작은 아이의 입이 열렸다.

"제스."

실로 오랜만에 꺼내보는 이름이었다.

***

사방으로 기포를 터뜨리며 온 파도가 내리쳤다. 은하는 저 파도가 바다로 온전히 돌아가지 않으리라는 것을 알았다. 바다는 자꾸만 무언가를 데려간다. 해변의 모래알을 욕심껏 가져가는 것도 모자라 바다는 때때로 사람까지 데려갔다. 사실 바다는 커다란 배도, 한 마을도 데려갈 수 있었다. 은하는 문득 바다의 욕심이라면 하늘을 나는 비행기도 데려갈 수 있을 것 같다고 생각했다.

그로부터 채 하루가 지나지 않은 새벽, 비행기가 바다로 추락했다. 정말로 바다는 하늘을 나는 비행기마저 데려갔다. 은하는 그 비극을 평소에는 거들떠보지도 않던 뉴스에서 들었다. 아나운서는 차갑고 바른 발음으로 그 사건을 전했다. 어둠 속 티브이의 빛이 깜박거렸고 성은은 눈을 비비며 당장 티브이를 끄라고 칭얼댔다. 새벽의 고요를 깨며 선풍기는 덜그럭거리며 돌아갔다. 수분을 품은 꿉꿉한 냄새가 났다. 그때 은하는 티브이에서 시선을 떼지 못한 채 겁에 질려 어떤 말도 하지 못했다. 지금 바다에 있을 엄마가 생각나서였다.

엄마는 아빠 같은 존재였다. 엄마는 은하에게 견고한 벽 같았다. 언제나 엄마는 강했지만, 바다는 그 어떤 강한 것들도 다 데려갔다. 그래서 은하는 바다가 엄마를 욕심내지 않을지 두려웠다. 아이는 은하의 말을 듣고는

"재수 없는 소리 하지 마."라고 내뱉었다. 아이의 말에 은하는 자기 혼자서, 엄마를 바다로부터 지켜야 한다고 생각했다. 하지만 할 수 있는 것이 없었다. 은하는 그럴 때마다 사람의 발을 앞에 둔 잡초가 된 것 같았다. 밟히고 일어나면 또 밟혔다. 포식자를 앞에 둔 피식자가 된 느낌에 대체 몇 번이나 울었는지 모른다. 그런 일이 반복되자 은하는 우는 대신에 하늘을 보았다. 낮이나 밤이나 하얀 하늘을 말이다. 하늘의 한결같은 흰 빛은 은하를 위로해 주었다. 낮에 떠도는 구름의 하얀색도 좋지만, 밤에 반짝이는 별의 흰 빛이 더 좋았다. 하얗게 반짝이는 별에는 소원도 빌 수 있어 더욱 좋았다.

은하는 해변에 앉아서 염분을 품은 바람을 느꼈다. 바람이 거칠게 머리를 어루만졌다. 기름진 머리를 거리낌 없이 쓰다듬는 게 꼭 누군가를 떠올리게 해 웃음이 나왔다. 은하는 바다와 하늘이 만나는 곳을 향해 같은 소원을 새롭게 빌었다. 소원은 간절했고 간절한 만큼 간결했다. 하지만 소원을 빌면서도 소원이 이루어지기 힘들다는 것을 알고 있었다. 엄마가 떠난 지 3년이 지난 지금은 인정해야 했다. 엄마는 돌아오지 않는다.

다행히도 신은 은하를 혼자 버려두지 않았다. 은하에게는 아이가 있었다. 아이는 생선 가게에서 한 손님과 실랑이하는 은하를 본인 나름의 방식으로 구해주었다. 아이는 은하만 보면 얼굴을 붉히고 까칠하게 말했지만 속은 다정했다. 이렇게까지 자신에게 다정한 사람은 엄마 이후로 처음이라 신기했다.

***

내 첫 기억은 조그만 내 손을 잡던 어느 커다란 손이다. 그 손의 주인이 얼마나 높은 소리로 말할 수 있는지 알았기에 나는 두려워 저항하지도 못한 채 그 존재를 따라갔다. 그리고 혼자 남겨졌다. 그가 떠났기 때문에.. 오히려 잘되었다고 생각했다. 아니, 그렇게 생각하고 싶었다. 그래서 사람들을 만나면 일부러 말했다. 집이 마음에 안 들어 가출했다고 말이다.

두 번째 기억은 어느 여자아이이다. 사랑받은 티가 나는 밝은 성격에 머리는 산발이 되어있던 아이. 변변찮은 시골 마을에 어울리지 않던. 그런 아이라면 좀 더 빛나는 곳에 있어야 한다고 생각했다. 그 아이는 다정했다. 처음 보아 낯선 내게조차 아이는 상냥했다. 그 아이를 처음 만났던 순간을 기억한다.

평소와 다름없는 날이었다. 배가 고파 이곳저곳을 돌아다니며 구걸을 했다. 때에 따라 훔치기도 했는데 그날은 유독 마을이 날 선 분위기라 훔칠 엄두가 나지 않았다. 그래서였다. 번화가를 지나 조금 외진 곳으로 간 것은. 구석진 골목에는 한 생선 가게가 있었다. 그 생선 가게 주인이은 친절하다는 것을 알고 있었다. 그렇기에 오늘은 가게 주인에게 염치없이 얻어먹거나 훔치고 싶지 않았다. 그저 그 친절을, 온기를 내 주린 배에 한번 채우고 싶다는 생각뿐이었다. 그런데 생선 가게에는 그 주인이 없었다. 웬 어린애가 한 왜소한 덩치의 남자와 실랑이하고 있었다. 나는 그 어린애가 주인의 딸이라는 것을 대충 눈치챘다. 점점 언성이 높아지면서 남자는 여자아이의 손목을 틀어쥐었다. 나는 달려가 남자의 손을 물었다. 남자가 여자아이의 손을 잠시 놓친 틈을 타 아이의 손을 잡고 달렸다. 얼마나 달렸는지 모른다. 좁아서 어른들이 따라오기 힘들어 보이는 곳만 일부러 찾아 달렸다. 얼마나 달렸을까? 나는 숨이 끝까지 들이차, 꼭 잡고 있던 아이의 손목을 놓았다. 아이 역시 땀을 뻘뻘 흘리며 거친 숨을 내쉬고 있었다. 아이가 숨을 고르고 말했다.

"왜 끼어든 거야!"

"위험해 보여서."

"그래서 같이 위험해졌어? 가게를 지키는 중이었는데 이렇게 도망쳐버리면 어떡해."

"미안해."

아이는 숨을 크게 내쉬었다. 그게 꼭 화난 것 같아, 나도 모르게 어깨를 움츠렸다. 아이는 간다는 말도 없이 휙 지나갔다. 나는 미안하고 복잡한 마음에 주저앉아 입술을 깨물었다. 그때 아이가 어쩔 수 없다는 듯이 돌아왔다. 아이가 물었다.

"이름이 뭐야?"

"…."

"뭐, 나는 은하라고 해."

이름을 몰라 대답하지 못하자 아이가 밝게 웃으며 말했다. 예쁜 이름이다…. 속으로 그렇게 생각하고는 고개를 푹 숙였다. 얼굴이 화끈거렸다.

세 번째 기억은 울고 있는 은하였다. 바다를 바라보며 세상이 떠나갈 것처럼 우는 은하를 보며, 나는 생각했다. 내가 대신 아파하고 울어주고 싶다고.

“왜, 네가 울어?”

은하의 말에 내가 울고 있음을 깨달았다. 대신 아파해주지도 못하면서 울고 있다니, 나 자신이 한심해 견딜 수 없었다. 하지만 착실히 은하의 말에 착실히 답했다.

“네가 우니까. 네가 슬프면 나도 슬퍼.”

내 말에 은하가 입을 다물었다. 잠시 후 은하가 읊조렸다.

“엄마가, 엄마가 돌아오지 않아.”

“….”

“끝내 바다가 엄마를 데려간 거야.”

그 말에 어떤 대답도 할 수 없었다. 나와 은하는 달랐으니까. 부모로부터 버려진 나와는 달리 은하는 누구보다 사랑받던 아이였으니.

네 번째 기억은 말이 안 된다. 하지만 나는 똑똑히 기억했다. 빛나는 가루가 흩날리며 등장한 아름다운 소년을. 그 소년은 은하를 보며 밝게 웃었다.

“한참을 찾았잖아, 웬디!”

은하를 이상한 이름으로 부른다. 아는 사이인가 싶어 은하를 돌아보니 은하는 완전히 넋이 나가 있었다. 소년이 말했다.

“나야, 제스. 이제 괜찮아. 나와 함께 불변섬으로 가자.”

그제야 정신이 돌아온 듯이 은하, 이제는 웬디가 머뭇거렸다.

“안돼. 엄마를 기다려야 해.”

“여전히 그 인간을 기다리고 있단 말이야? 순진한 웬디. 그 인간은 이미 너를 잊고 행복하게 살고 있을 거야.”

“아니야. 그렇지 않아.”

“아니면 죽음으로 비겁하게 도망갔겠지.”

“….”

“하지만 불변섬은 달라. 그 누구도 너를 두고 떠나지 않아. 초콜릿 분수가 흘러넘치고 캔디로 된 꽃이 피어나지. 그곳에서는 서로를 사랑해. 너는 사랑받을 수 있어. 이곳의 슬픔 따위 그곳에서는 모두 잊을 수 있어.

불변섬에서는 모든 게 가능해."

"…."

"나와 함께 가자."

제스가 손을 내밀었다. 은하는 그 손을 잡으려는 듯이 손을 뻗었다. 나는 제스의 손이 은하에게 닿기 전에 얼른 은하의 손을 잡았다. 제스의 얼굴이 굳어졌다.

"나도, 나도 데려가."

"… 뭐, 아이는 많을수록 좋으니까."

나도 그렇게 제스를 따라갔다. 그날 이후 내 이름은 아딘이 되었다.

다섯 번째 기억은 첫 번째 기억을 떠올린 것이다. 제스의 말이 맞았다. 그곳은 환상적이었고 과거를 잊게 하기에 충분했다. 하지만 나는 이유 없이 우는 웬디를 보며 기억을 되찾았다. 웬디는 이곳에서 겉으로는 완벽히 행복해 보였지만 밤에는 무언가를 찾아 끙끙거렸다.

'돌아가야 해.'

하지만 무슨 방법을 써도 돌아갈 수 없었다. 제스가 선동해 이뤄낸 역사를 떠올리고 다른 아이들에게 진실을 알리려고 애썼다. 하지만 나는 미쳐버린 요정이 되었다. 웬디와도 멀어졌다. 절망적인 나날이었다.

그러던 어느 날 웬디가 어찌 된 일인지 낮에 나를 찾아왔다. 웬디는 자신이 어른이 되어버렸다며 울상을 지었다. 내가 자라나기 시작한 것은 내가 기억을 되찾아갔을 때부터였다. 이 사실로 보아, 웬디도 기억이 되돌아온 것은 아닌지 몹시 궁금했다. 하지만 그건 아닌 듯했다.

나는 웬디와 함께 불변섬을 떠났다. 어떻게든 그곳을 떠난 것은 좋은 일이었다.

여섯 번째 기억은 내가 웬디에게 특별한 감정이 있다는 것을 깨달은 날이다. 웬디의 친구. 나는 그 수 많은 친구 중 하나였다. 그런데 어쩐지 나는 갈증을 느꼈다. 웬디를 보면 자꾸 얼굴이 화끈거리는 것도, 세상만사 무관심하면서 웬디에 대한 것이라면 무엇이든 궁금한 것도 이상했다. 이 감정을 뭐라 표현하는지 전에는 몰랐지만, 지금은 알고 있다. 그래서 감히 바랐다. 언젠가는 이 마음을 드러낼 수 있기를.

일곱 번째 기억은 그 어떤 기억보다 특별하다. 웬디

와 연인이 되어서이다. 사실 나는 알았다. 우리의 감정은 근본은 같을지 몰라도 많이 다르다는 것을. 웬디는 순전한 호기심으로 고백했을 것이다. 하지만 그것만으로도 족했다. 친구 관계와 크게 다를 것 없는 연인이라도 괜찮았다. 그런데도 사람의 욕심은 끝이 없는 모양이다. 웬디가 나를 좋아하기를 바란 것을 보면. 그렇다고 풍등에 감히 그걸 빈 것은 아니었다. 풍등에 빈 소원은 '웬디가 행복하길'이었다. 다른 것은 몰라도 신이 있다면 제발 그것만큼은 이뤄주길 바랐다.

제스 이야기

제임스는 매일 밤 감기는 눈을 부여잡고 엄마를 기다렸다. 잠보다 엄마가 더 좋았다. 제임스는 엄마를 사랑했다. 엄마도 제임스를 사랑했지만 늘 바빴다. 너무 바빠 자신의 사랑하는 아들이 누군지도 잊을 지경이었다. 제임스는 늘 외로웠다. 엄동설한 속에 남겨진 듯한 기분이었다. 하지만 제임스는 늘 엄마를 이해하려고 애썼다. 이해하려 노력한 다음에는 그 빈자리를 채우려고 했다. 하지만 아무리 애써도 제임스는 늘 혼자였다. 다 함께 열리지만, 떨어지는 것은 각자인 사과나무처럼. 같다. 제임스에게는 자신의 작은 방과 그 방에 들어오는 엄마가 세상의 전부였다. 제임스는 그 작은 세상도 너무 커서 공허를 견딜 수가 없었다. 그럴 때마다 제임스는 옷장을 열었다.

낡고 평범한 작은 옷장. 옷장엔 하얀색 페인트가 칠

해져 있었다. 이 평범해 보이는 옷장은 엄마가 만들어 준 것이었다. 엄마의 사랑을 알 수 있는 유일한 물건이기도 했다. 그 안에 옷은 몇 개 없었지만, 제임스에게는 그 옷장이 전부였다. 제임스의 세상이란 옷장 그 자체였는지도 모른다.

그러던 어느 날 옷장 속에서 어떤 소리가 들려왔다. 흔히들 말하는 유령이 아닐까? 그러나 제임스는 유령이 두렵지 않았다. 소통이 가능하다면 유령이라도 좋은 친구가 될 수 있을 거라 여겼다.

제임스는 옷장을 열었다. 옷장 속에는 제임스 또래의 아이가 살포시 앉아 있었다.

제임스는 물었다.

"넌 누구야?"

"… 나도 몰라."

제임스는 고민하다가 그 아이와 친구가 되기로 했다. 그건 필연이었다. 제임스가 조심스럽게 자신의 친구가 되어달라고 부탁하자, 아이는 친구가 뭐냐고 되물었다. 제임스가 답했다.

"서로의 공백을 채워주는 존재야. 서로가 외롭지 않도록!"

아이는 그 말을 잘 이해하지 못했지만, 친구가 되겠다고 답했다. 제임스는 아이에게, 자신의 이름을 따 제스라는 이름을 주었다.

아이, 제스는 그 이름을 마음에 들어 했다. 그렇게 제임스와 제스는 서로의 유일한 친구가 되었다.

제임스는 엄마에게 제스의 존재를 들킬까 봐 두려워했다. 그래서 제스가 옷장 밖으로 못 나오게 했다. 조금 더 시간이 흐르자, 그게 제스에게 미안해졌다.

"많이 답답하지?"

"아니야. 조금도 답답하지 않아. 이곳에는 너는 모르는 엄청난 세계가 있거든!"

제임스는 제스의 말에 안심하면서도 당황했다. 저 작은 옷장 안에 어떤 세계가 있다는 것일까? 이해가 가지 않았다. 얼마 전까지만 해도 옷장이 제임스 세상의 전부였음에도 그랬다. 이제 제임스는 옷장이 전부이던 시절이 흐릿했다. 기억하기도 싫은 듯했다.

결코, 제스가 제임스에게 거짓말을 한 것이 아니었

다. 옷장 안에는 정말 엄청난 세계가 있었다. 그곳에는 엄청나게 큰 섬이 하나 있어서 그곳을 탐방하는 것은 재미있었다. 하지만 제스는, 엄청나지만 공허한 그곳보다는 좁지만 무언가 가득 차는 듯한 제임스와의 만남이 더 좋았다. 그러면서도 제임스는 제스와 있으면서도 누군가를 기다렸다. 바로 엄마였다. 제스는 엄마라는 사람이 미우면서도 좋았다. 제스는 이게 자신의 감정인지 제임스의 감정인지 구분하지 못했고, 구분할 필요도 느끼지 못했다. 둘은 영원히 하나일 테니까. 제스는 그렇게 생각했다.

어느 날 제임스는 밤늦게까지 엄마를 기다렸다. 엄마는 느지막한 시간에 술에 잔뜩 취해 집에 돌아왔다. 제임스는 품에 안은 토끼 인형을 더욱 세게 끌어안으며 엄마에게로 다가갔다. 마침내 엄마가 제임스를 발견했다. 엄마는 낮은 목소리로 말했다.

"왜 아직도 안 자고 있어?"

그 말을 끝으로 제임스를 지나쳐 올라갔다. 제임스는 자리에 주저앉아 울었다. 한참 울고 난 제임스는 무작정 집을 나섰다. 제스는 제임스를 약속대로 기다렸다.

제임스는 끝내, 돌아오지 않았다.

제스는 제임스를 찾아 밖으로 나왔다가 엄마에게 모습을 들켰다. 엄마는 제스를 보고 주저앉아 오열했다.

"제임스, 나의 제임스…."

흐느낌을 듣고 제스는 엄마가 자신과 제임스를 착각했음을 알게 되었다. 제스는 자신은 제임스가 아니며 어서 제임스를 찾으러 가야 한다고 주장했다. 그러나 엄마는 제스의 말을 듣지 않았다. 그저 흐느낄 뿐이었다. 그런데 제스는 엄마의 품에서 형용할 수 없는 온기를 느꼈다. 눈물이 날 것 같았다. 엄마는 제임스가 채워주지 못하던 어떤 부분까지도 채워주었다.

제임스가 돌아왔다. 제스는 제임스가 반가웠다. 그러면서도 아쉬움을 느낀 건 어쩔 수 없었다. 제임스는 제스가 차지한 이 자리의 본 주인이었다. 제스는 물러나야 했다. 제임스가 돌아왔지만, 엄마는 제스를 붙들고 오열했다. 자신이 아는 아들이 아니라고 소리치며 집에서 나가라고 외쳤다. 제스는 제임스를 바라봤다. 자신보다 키가 조금 더 자라있었다. 볼살도 살짝 빠져 있었다. 제스는 제임스가 성장했음을 알게 되었다. 엄마가 제임스를 거부하는 이유 역시 제임스의 성장 때문이란 것도. 제스는 기적을 만드는 일이 가능하리라 믿었다. 제스는 제임스를 어린 시절로 되돌리려고 했다. 하지만 그건 불가능했다. 다른 기적을 이루어낼 수 있다고 해도 시간을 되돌릴 수는 없었다. 결국 그렇게 제임스는 집을 떠났다.

엄마는 나이가 들어 죽었다. 제스는 충격을 받았다. 사람은 죽는다는 사실에. 엄마는 거짓말을 한 것이었다. 평생 곁에 있어 준다고 속삭이던 엄마가 죽은 것이다.

그리고 제스는 제임스을 다시 만났다. 제임스는 여전히 자신의 집 근처를 맴돌고 있었다. 제스는 제임스를 처음에는 알아보지 못했고, 한참의 시간이 흐르고 나서야 알아볼 수 있었다. 자신의 어린 친구였던 제임스가 엄마처럼 늙어가고 있었던 것이었다. 엄청난 충격이었다. 제임스는 제스를 붙잡고 흐느꼈다.

"다시 그때로 돌아가고 싶어. 평생 그때 머물며 살고 싶어…."

제스는 제임스의 소원을 들어주기로 했다. 그 누구도 죽지 않고 그 누구도 이별하지 않는 곳. 상처 주는 어른이 없는 곳. 제스는 아이들을 위한 그런 곳을 옷장 속에 만들었다. 후에 그곳은 절대 변하지 않는다고 하여 불변섬이라 불렸다.

작가의 말

'너 어릴 때는 그랬는데.'

이런 말을 종종 듣곤 합니다. 그 말을 들으면 어린 시절이 끝났다는 게 실감 나서 어색하게 웃곤 하죠. 제게 어린 시절은 영원이었습니다. 유치원을 다니던 시절, 복도를 걸으며 '이곳을 떠나는 날이 올까?'하고 생각했던 기억이 아직도 생생합니다. 오늘도, 어제도 별다를 것 없이 이어지던 하루가 내일도 계속될 것이라고 믿었어요. 끝나지 않을 것만 같았습니다.

그 생각을 깨고 나온 건 사춘기를 맞이한 어느 여름이었습니다. 그때 저는 월경을 시작했어요. 이 사실을 어른들에게 알리자, 부모님과 이모들은 축하의 의미로 선물을 주셨습니다. 꽃다발을 비롯한 선물을 보며 저는 어른이 될 준비를 시작했음을 깨달았습니다.

<옷장 속 아이들>, 이 이야기에서 웬디는 아무런 준비도 하지 못한 채 어른이 됩니다. 영원히 어린아이로

남아야 하는 불변섬에서 홀로 다른 존재가 되어버리지요. 그래서 평생을 함께하며 사랑했던 불변섬을 떠나 새로운 세계로 나아갑니다.

다소 판타지적으로 서술했지만, 이 이야기는 곧 제 이야기이자, 어른이 되어가는 모두의 이야기입니다. 준비가 된 채로 어른이 되는 사람은 아주 드물어요. 준비가 되었다고 생각한 사람도 막상 살다 보면 자신의 허점을 발견하기 일쑤죠.

그렇다면 어른이 되기 위해선 어떻게 해야 할까요? 제 생각에, 그 시작은 어린 시절을 타임캡슐에 넣는 것입니다. 웬디가 한 것처럼 사랑했던 어린 시절을 남겨두고 떠나는 거예요. 힘든 순간마다 그 따스한 기억을 떠올리며 견디다 보면 어느새 어른이 된 자신을 발견할 거예요.

《옷장 속 아이들》에 등장하는 많은 아이와 어른의 모습들 속에는 공감되는 부분도, 이해하기 어려운 부분도 있을 거예요. 그럼에도 이 책이 타임캡슐에 넣어둔 어린 시절을 열어볼 수 있는 열쇠가 되길 바랍니다.

옷장 속 아이들

2025년 01월 20일 초판 1쇄 발행

글 한윤서 (인스타그램 seohan0359)
편집 하래연 (인스타그램 ulfeena)
일러스트 유보라 (인스타그램 yoovora)
발행인 박윤희

발행처 방과후이곳 **디자인** 디자인스튜디오 이곳
등록 2022. 7. 11 신고번호 제 2022-000069호 **주소** 서울 송파구 송파대로44길 9(송파동)
이메일 bookndesign@daum.net **홈페이지** https://bookndesign.com
팩스 0504.062.2548 **블로그** blog.naver.com/designit **인스타그램** @book_n_design

ISBN 979-11-990960-0-4(73800)

방과후이곳
방과후이곳은 "도서출판이곳"의 임프린트 브랜드입니다.

도서출판이곳
우리는 단순히 책을 만들지 않습니다.
작가와 책이 마주치는 이곳에서 끊임없이 나음을 너머 다름을 생각합니다.